edition lex liszt 12

Erste Auflage 2025
©edition lex liszt 12
Raingasse 9b, A-7400 Oberwart, Austria
Tel +43(0)3352/33940, Fax +43(0)3352/34685
info@lexliszt12.at, www.lexliszt12.at
ISBN: 978-3-99016-322-1

Verlagsleitung: Horst Horvath
Lektorat: Michaela Kuich
Coverbild: Karen Holländer
Layout und Gestaltung: K. Guttmann
Druck: Der Schmidbauer, Oberwart

Gedruckt mit Unterstützung von:

Kulturland Burgenland

Bundesministerium
Wohnen, Kunst, Kultur,
Medien und Sport

Die edition lex liszt 12 wird im Rahmen der Kunstförderung des Bundesministeriums für Wohnen, Kunst, Kultur, Medien und Sport sowie durch das Land Burgenland unterstützt.

Sarah Estermann

Sevilla bei Nacht

Roman

edition lex liszt 12

Sevilla tiene una cosa que solo tiene Sevilla ...
(Sevillanas)

Sevilla hat etwas, das nur Sevilla hat ...
(Sevillanas)

1

In die Vergangenheit reist man am besten in einem Airbus A-320 der Linie Iberia. Das dachte zumindest Alma Schneider, als sie sich im Landeanflug auf die Stadt befand, um die sie die letzten 24 Jahre einen Bogen gemacht hatte: Sevilla.

Wie ein Wimmelbild breitete sich die Stadt unter ihr aus. Je weiter das Flugzeug sank, desto mehr Details konnte sie erkennen: den Fluss Guadalquivir, die Brücke von Calatrava, den Stadtteil Triana auf der westlichen Seite des Flusses, den Parque María Luisa mit der Plaza España und natürlich die Kathedrale, die so riesig erschien, dass sie kaum zum Rest der Häuser passte.

Kurz darauf waren sie gelandet und Alma bahnte sich ihren Weg zur Gepäckhalle. Es war beinahe unheimlich, wie wenig sich alles seit dem letzten Mal, als sie hier gewesen war, verändert hatte. Als wäre die Zeit stehen geblieben. Sie wusste, wenn sie hinaufgehen würde in die Abflughalle, wäre da noch genau dieselbe Saaldecke aus dunkelblauen Kuppeln, die ihr schon früher so gut gefallen hatte. Es war jenes Blau, das auch der andalusische Himmel annahm, wenn es Nacht wurde.

Sie musste nicht lange auf ihren Koffer warten, denn obwohl in Sevilla mittlerweile das ganze Jahr über Hochsaison herrschte, schien an diesem Tag Mitte August wenig los zu sein. Die Gepäckhalle wirkte beinahe ein wenig schläfrig.

Mit einem kräftigen Ruck zog Alma ihren prallgefüllten Koffer vom Förderband und machte sich auf den Weg nach draußen. Gerade als sie versuchte, sich einen Überblick zu verschaffen und die Wartenden mit ihrem Blick nach einem bekannten Gesicht absuchte, hörte sie ein

lautes Quietschen, dann wurde sie plötzlich von zwei Armen erstaunlich fest umschlungen.
„¡Olé mi Alma!“, tönte es in ihr Ohr.
Alma drehte sich um und blickte in das lachende Gesicht von María Isabel. Ein Gesicht, das sie seit einer gefühlten Ewigkeit nicht mehr gesehen hatte, das ihr aber immer noch vertraut vorkam.
Die beiden Frauen umarmten einander. Dann hielt Maribel ihre Freundin ein Stückweit von sich weg und betrachtete sie einen Moment lang.
„Mädchen, wie hübsch du aussiehst!“, raunte sie mit ihrer kratzigen Stimme, gefolgt von einem heiseren Lachen. Almas Spanisch war ziemlich eingerostet, aber Maribels Kompliment verstand sie gerade noch. Ihr blieb ohnehin nichts anderes übrig, wenn sie mit ihrer alten Freundin kommunizieren wollte. Denn Maribel sprach natürlich kein Wort Deutsch und auch ihr Englisch war eher mäßig.
„¡Tu también!“ Du auch, murmelte Alma, aber ihre Worte hörten sich holprig an.
Maribel lachte wieder: „Von wegen! Ich sehe aus wie ein Wal!“
Una foca ... wie ein Wal ... oder war es ein Walross? Alma war sich nicht sicher, verstand aber, was ihre Freundin damit andeuten wollte. Tatsächlich hatte Maribel seit der Geburt ihres zweiten Kindes ein bisschen zugelegt, aber Alma fand sie immer noch wunderschön, mit ihren dunklen Korkenzieherlocken, den Lippen, auf denen immer ein Lächeln zu liegen schien und zwischen denen strahlend weiße Zähne hervorblitzten.
„Komm, wir gehen zum Auto!“ Maribel schnappte sich Almas Koffer.

„Okay … ich meine ‚vale'", stimmte Alma zu. Ihr wurde bewusst, wie fremd ihr diese Sprache geworden war. Jedes Wort, das sie aussprach, fühlte sich an wie ein Fremdkörper in ihrem Mund. Auch das Verstehen kostete sie Mühe.

Als die Stewardess sie im Flugzeug wegen ihres Anschlussfluges in Madrid angesprochen hatte, hatte sie außer „rrratarratarata" nicht viel verstanden. Erst als sie ins Englische wechselten, konnten sie sich verständigen.

Die sengende Hitze eines späten andalusischen Nachmittages umfing die beiden Freundinnen, als sie ins Freie traten. Alma musste die Augen zusammenkneifen, bis sie die Sonnenbrille aus ihrer Handtasche gezogen und aufgesetzt hatte. Während sie hinter Maribel herlief, begann sie zu überlegen, ob ihr ganzer Plan nicht eine einzige Schnapsidee gewesen war: ihren gut bezahlten Job als stellvertretende Chefredakteurin eines großen Lifestylemagazins auf Pause zu legen, um eine Auszeit zu nehmen und ihr Spanisch aufzufrischen. Das mochte vielleicht noch einigermaßen plausibel klingen. Zumindest hatte ihr Herausgeber die Idee nicht für allzu abwegig gehalten und ihren Antrag genehmigt.

„Zwei Monate!", hatte er ihr eingeschärft, womit kein Zweifel blieb, dass dies sein letztes und einziges Angebot sein würde.

Doch in Wahrheit hatte von Anfang an mehr hinter Almas Idee gesteckt.

„Alles in Ordnung?", fragte Maribel und riss Alma damit aus ihren Gedanken. Erst jetzt merkte sie, dass sie starr neben dem verbeulten Seat ihrer Freundin stand, ohne einzusteigen. Maribel hatte in der Zwischenzeit offenbar den Koffer verstaut, hinter dem Lenkrad Platz genommen, sich angeschnallt und wollte jetzt endlich losfahren.

„Oh, sorry“, murmelte Alma und schwang sich schnell auf den Beifahrersitz. Sie warf ihrer Freundin ein Lächeln zu, das ihr versichern sollte: Alles bestens, mach dir keine Sorgen.

Gemächlich ließen sie den Flughafen hinter sich und fuhren Richtung Sevilla.

2

„Hast du die Adresse?“, fragte Maribel und Alma kramte ihren Kalender hervor, zwischen dessen Seiten ein Stück Papier mit der Adresse ihrer Unterkunft lag.
„Calle San Primitivo Nr. 6“, las sie vor.
„San Primitivo?“, wiederholte Maribel. „Nie gehört.“ Mit schnellen Fingern tippte sie den Straßennamen in ihr Handy ein und ließ sich von Google die Richtung ansagen. Als sie auf der Ronda de Capuchinos den Stadtkern umrundeten und anschließend in die Calle María Auxiliadora gelangten, wies das Handy sie schließlich an, rechts abzubiegen, in eine winzige Straße.
„Hier muss es sein“, murmelte Alma, mehr zu sich selbst als zu ihrer Freundin. Gerade als sie einbogen, wurde ein Parkplatz frei und Maribel stieß einen Freudenschrei aus. Gekonnt parkte sie vor dem Haus Nummer 6 ein und Alma stieg aus. Das Gefühl, einen riesigen Fehler gemacht zu haben, wurde immer stärker und manifestierte sich als dicker Kloß in ihrem Hals, der ihr fast die Luft abschnürte. Was zum Henker machte sie hier nur? In dieser ihr mittlerweile völlig fremden Stadt?
„¡Venga!“ Na los, hörte sie Maribels Stimme neben sich, die den Koffer aus dem Auto gehievt hatte und Alma nun bedeutete, sich Richtung Haustüre zu bewegen.
„Okay, vale …“ Alma schritt voran. Sie merkte, dass sie innerlich buchstäblich auf der Bremse stand. Schließlich gab sie sich einen Ruck und drückte auf den Klingelknopf, neben dem „3° derecha“ stand. Kurz darauf ertönte ein Summen und Alma stieß die Türe auf. Lift gab es – natürlich – keinen. Immerhin bestand Sevilla zum größten Teil aus einer Altstadt, deren Häuser mehrere Jahrhunderte auf dem Buckel hatten. Lift? Fehlanzeige.

Als die beiden Frauen endlich den dritten Stock erreicht hatten, waren sie gehörig außer Atem und Alma spürte, wie ihr Schweißtröpfchen den Rücken hinunterrannen. Sie brauchte keinen Spiegel, um zu wissen, dass ihr Gesicht krebsrot war und damit beinahe dieselbe Farbe angenommen hatte wie ihr Haar.
Gerade als sie mangels Klingel an die Türe klopfen wollte, wurde diese schwungvoll geöffnet. Vor ihnen stand ein gutaussehender junger Mann Mitte zwanzig, der beinahe den ganzen Türstock ausfüllte.
„Dios mío, ist das Hulk?", flüsterte Maribel in Almas Ohr.
„No", raunte Alma zurück, „er ist nicht grün …"
„¡Holá!", rief der blondgelockte Hüne fröhlich, wobei die Art, wie er das A betonte, den beiden Frauen sofort verriet, dass er kein Einheimischer war.
Also kein Hulk und kein Spanier, dachte Alma. So viel war schon einmal klar. „Ähm, hola, soy Alma, ich bin Alma … aus Österreich", versuchte sie es vorsichtig.
„Oh, geil, ich bin Mike", sagte der junge Mann und streckte Alma seine Pranke entgegen. Alma nahm sie und schüttelte sie einen Moment lang. Plötzlich drängte sich Maribel an ihr vorbei. „Hier macht man das so", sagte sie, schlang Mike einen Arm um den Hals und drückte ihm zwei Küsse links und rechts auf die Wangen. Als sie sich wieder von dem verdatterten jungen Mann löste, ließ sie ihre Hände noch einen Moment lang auf seinen muskulösen Armen ruhen und lächelte ihn unschuldig an.
„Äh, was?", fragte der verunsichert.
„Naja", meinte Alma, „hier begrüßt man sich eben normalerweise nicht so förmlich, mit Händeschütteln und so."

„Klar, klar, weiß ich doch", stimmte Mike zu und wirkte schon wieder ganz gefasst. „Kommt rein!"
Mit einer einladenden Geste trat er beiseite.
„Also … Alma, richtig?"
Alma nickte bestätigend.
„Pepa ist nicht da. Ihr gehört die Wohnung. Aber ich sag dir, sie ist eigentlich nie da, also alles sehr entspannt … Ich zeig dir mal alles. Das hier ist der Salon", erklärte er, während sie die Wohnung durchquerten. „Hier ist die Küche", sagte er und wies mit der Rechten auf die kleine, aber aufgeräumte Küche, „das Bad, Pepas Zimmer, mein Zimmer, dein Zimmer."
Sie hielten vor einem großen Raum mit hohen, hellblau gestrichenen Wänden, dessen zwei Fenster auf die kleine Straße rausgingen. Das Zimmer war spärlich eingerichtet, mit einem einfachen Bett, Schreibtisch und Kasten, wirkte aber dennoch einladend.
„Für Sevilla ist es erstaunlich ruhig, muss man sagen", erklärte Mike.
Alma nickte nachdenklich. Dann wandte sie sich an Mike: „Und du …?"
„Ich hab mir eine Auszeit genommen und mache gerade einen Spanischkurs im Spanish Center. Irgendwann sollte ich zurück nach Deutschland, aber mal sehen …", erzählte Mike.
„Verstehe", murmelte Alma.
„Bist du auch im Spanish Center?", fragte er und betrachtete Alma weiterhin eingehend.
„Ähm ja", antwortete Alma, der sein offenkundiges Interesse etwas unangenehm war.
„Was sagt er?", flüsterte Maribel. „Hat er eine Freundin? Ist er auf der Suche nach seiner spanischen Traumfrau?"
Alma stieß ihre Freundin leicht in die Rippen.

„Vielen Dank, Mike. Ich werde mal meinen Koffer auspacken", sagte sie schnell und schob den Koffer und Maribel in ihr Zimmer.
„Kein Ding", entgegnete Mike. „Hier sind die Schlüssel. Wenn du was brauchst, was auch immer, ich bin gleich nebenan." Damit zog er sich zurück und ließ die beiden Frauen allein.
Kaum hatte Alma die Zimmertüre geschlossen, holte Maribel zwei kleine Flaschen Cruzcampo aus ihrer Tasche. Das Bier war alles andere als kalt, aber es genügte, um auf Almas neues Abenteuer anzustoßen.
„¡Salud!", sagte Alma und stieß mit ihrer Flasche an Maribels.
„¡Salud y suerte y mucho amor!", entgegnete Maribel mit einem Grinsen. An den Spruch konnte Alma sich noch gut erinnern: Gesundheit, Glück und viel Liebe!
Während die beiden Freundinnen ihre Biere tranken, richteten sie Almas Zimmer ein. Und als der Koffer schließlich leer war, war es auch Zeit für Maribel zu gehen. Sie drückte ihrer Freundin zwei Küsse auf die Wangen und umarmte sie noch einmal fest.
„Wir sehen uns am Freitag!" Mit diesen Worten verabschiedete sie sich und ließ Alma in ihrer neuen Bleibe zurück. Die ließ sich auf das Bett sinken und starrte für eine Weile an die ebenfalls blaue Zimmerdecke über ihr. Nebenan hörte sie Mike, der lautstark mit den Kastentüren klapperte. Noch etwas, von dem sie nicht wusste, ob es sich als gute Idee herausstellen würde: Alma hatte beschlossen, ihre zwei Monate in Sevilla in einer WG zu bleiben. Viele Sevillaner untervermieteten Teile ihrer Wohnungen an „Guiris", also Touristen, so offenbar auch Pepa.

Dabei hatte sie selbst, seit sie vor gut zwanzig Jahren von zuhause ausgezogen war, immer allein gewohnt. Selbst wenn sie sich in einer festen Beziehung befunden hatte, war sie nicht mit ihrem Partner zusammengezogen. „Mein Reich, meine Regeln", so lautete ihre Devise.

Plötzlich klopfte es an der Tür. Alma erhob sich mühsam von ihrem Bett und öffnete.

„Hey, ich geh nochmal runter was trinken mit ein paar Leuten aus der Schule. Hast du Bock?", fragte Mike.

„Danke, das ist nett, aber ich bin total erledigt", winkte Alma ab.

„Schade", erwiderte Mike, offensichtlich enttäuscht. „Na gut, dann sehen wir uns ja bestimmt morgen."

„Bestimmt", entgegnete Alma und schloss die Tür.

3

Tatsächlich war sie überhaupt nicht müde. Im Gegenteil, sie fühlte sich plötzlich seltsam aufgekratzt. Aber zuallererst hatte sie noch etwas zu tun: Alma durchsuchte ihre Tasche, zog ein ledernes Notizbuch hervor und setzte sich an den spartanischen Schreibtisch. Zwei Wochen vor ihrer Abreise hatte sie das Buch in einem kleinen Schreibwarenladen im 7. Bezirk gekauft, mit dem Ziel, ihre Erinnerungen aus der Vergangenheit aufzuschreiben. Wer weiß, vielleicht tat ihr das gut, hatte sie gedacht. Doch sie schrieb nicht und auch wenn sie das Buch hervorkramte, die Finger über den schönen Einband gleiten ließ und in den leeren Seiten blätterte, brachte sie doch kein einziges Wort zu Papier. Nun schlug sie das Buch wieder auf, nahm einen Stift und setzte ihn auf die erste Seite.

Ich war fünfzehn, als meine Eltern mit meiner kleinen Schwester und mir nach Sevilla auswanderten. Das ist nun ziemlich genau vierundzwanzig Jahre her. Diese Zahl erscheint mir ungeheuerlich, denn die Erinnerungen an diese Zeit fühlen sich unnatürlich nahe an. Wenn ich die Augen schließe, habe ich das Gefühl, über das alte Kopfsteinpflaster der Calle Constitución zu spazieren, wo die Spalten zwischen den Steinen gespickt sind mit Erinnerungen. Ein seltsames, sehnsüchtiges Ziehen macht sich breit in meiner Brust.

Nach unserer Abreise aus Österreich verbrachten wir den Sommer unbeschwert am Strand von Matalascañas, einem kleinen Ort an der Atlantikküste in der Provinz Huelva. Erst als wir unsere Wohnung in der Calle Alvarez Quintero Nummer 3 im Zentrum von Sevilla

bezogen, schien es wahr zu werden. Wir hatten unserer Heimat den Rücken gekehrt, um hier – ja, was? – ein neues Leben zu beginnen? Die Langeweile, die meine Eltern offenbar erfasst hatte, hinter uns zu lassen? Was auch immer die beiden zu diesem Schritt bewogen hatte, mir war es gleich. Österreich zu verlassen, hatte für mich bedeutet, unser Zuhause, unsere Burg, zu verlassen. Die satten, grünen Hügel, die rauschenden Wälder. Das Haus verkauft samt Inventar, die Haustiere mit derselben Gleichgültigkeit zurückgelassen wie die Freunde. Nur das Nötigste wurde mitgenommen.
Jahrelang träumte ich davon, an diesen Ort meiner Kindheit zurückzukehren, in mein Paradies. Aber es kam nie dazu. Und selbst wenn, es wäre nicht mehr dasselbe gewesen. Man konnte die Zeit nicht zurückdrehen. Meine Schwester Marie war mit einem Jahr noch zu jung, um dasselbe zu empfinden wie ich. Für Marie würde Sevilla vielleicht das werden, was Österreich für mich war: Heimat.
Die Wohnung in der Calle Alvarez Quintero war riesig. Im Gegensatz zu den meisten Häusern in der Umgebung war das Haus, in dem sich unsere Wohnung befand, relativ neu, aus den 1970er-Jahren in etwa. Das war bemerkenswert, wenn man bedachte, dass der Rest von Sevilla aus einer völlig anderen Zeit zu stammen schien. Wohin man auch ging, alles war alt, die schmalen Gassen ebenso wie die pittoresken Wohnhäuser.

Alma vermutete, dass sich daran bis heute nicht viel geändert hatte. Um in ein neueres Viertel zu gelangen, musste man in eines der weniger charmanten Polígonos an den Stadträndern fahren. Im Süden von Sevilla lag das berüchtigte Polígono Sur, damals eines der größten

Armenviertel Europas, das sie allerdings nur vom Hörensagen kannte. Fremden wurde grundsätzlich davon abgeraten, sich dieser Ecke zu nähern. Alma schloss die Augen und kehrte im Geiste in das Jahr 1995 zurück, Calle Alvarez Quintero, 41001 Sevilla.

Unsere Wohnung, die sich also in einem weniger schönen, weil neueren Gebäude befand, war zumindest sehr groß. Ihre sechs Zimmer erstreckten sich auf gut 150 Quadratmeter. Die übrigen Wohnungen des Hauses Alvarez Quintero 3 schienen von gut situierten Familien unterschiedlicher Altersstufen bewohnt zu sein. Unter uns wohnte jedenfalls ein älteres Ehepaar, das sich vorzugsweise mit Don Francisco und Doña Blanca ansprechen ließ. Wie die meisten Sevillaner waren sie stets makellos gekleidet und ihre Umgangsformen ließen darauf schließen, dass sie einer gehobenen Gesellschaftsschicht angehörten. So waren sie stets höflich, aber distanziert. Sie gehörten zu jenen Familien, die unter Franco groß geworden waren: Familien, die sehr kinderreich waren, und damit meine ich sieben, acht, zehn, ja sogar mehr Kinder, sehr katholisch und zutiefst konservativ eingestellt. Wollte man mit ihnen beispielsweise über die Bestrebungen der katalanischen oder baskischen Separatisten diskutieren, konnte sich die Freundlichkeit sehr schnell aufhören. Und das nicht ohne Grund. Denn Mitte der 1990er-Jahre war der Terror der ETA noch eine echte Bedrohung. Und Franco war gerade einmal 20 Jahre tot.

Einen weiteren Stock unter Don Francisco und Doña Blanca wohnte eine junge Familie. Ich denke, der Vater war wiederum ein Neffe von Don Francisco. An seinen Namen kann ich mich nicht erinnern, ebenso wenig

an den Namen seiner Frau. Woran ich mich allerdings erinnern kann, ist das tägliche Geschrei der Kinder um die Mittagszeit. Während der Vater in der Arbeit war, kümmerte sich die junge Mutter um den Haushalt und um die drei kleinen Kinder. Das Mittagessen verlief dann folgendermaßen: Jedes der Kinder wurde in einem Hochsitz platziert. Sie durften diesen erst wieder verlassen, wenn sie aufgegessen hatten. Und da gab es kein Pardon. Manchmal wagte ich einen Blick, denn von meinem Zimmer aus schaute man quer durch den Innenhof genau in die Küche der Nachbarn. Ich sah die Kinder, die mal brav aßen, sich mal angewidert in ihren Sitzen wanden, woraufhin die Mutter sie anschrie, was meistens nur ein großes Geplärre zur Folge hatte. Einmal, als ich wieder nach unten lugte, bemerkte die Mutter mich. Unsere Blicke trafen sich für einen Augenblick und über ihr Gesicht huschte ein Ausdruck von Trotz, der in krassem Widerspruch zu den dunklen Ringen unter ihren müden Augen stand. Bis heute bereitet mir der Gedanke an diese Situation Unbehagen.
Hin und wieder begegneten wir den jungen Nachbarn auf der Plaza del Salvador bei einem kleinen Spaziergang. Die Kinder waren nach sevillanischer Art herausgeputzt: die Jungen wie kleine hellblaue Clowns in Puffhosen und gehäkelten Jäckchen, das Mädchen in kurzem Kleidchen mit Schleifen im Haar. Er, der Vater, hatte seine Hand im Nacken der Ehefrau, die Finger schienen ihren Hals zu umfassen wie ein Schraubstock und er steuerte sie durch die Menge, als wäre sie eine Puppe. Wir grüßten einander, mehr aber auch nicht.
Im Erdgeschoß unseres Hauses befand sich jedenfalls eine Buchhandlung, die Librería Antonio Machado hieß und in der ganzen Stadt bekannt war, weil sie

eine der wenigen Buchhandlungen war, in denen man Literatur kaufen konnte, die über das sakrale Segment hinausging. Wer die Intellektuellen von Sevilla kennenlernen wollte, besuchte am besten an mehreren Tagen hintereinander die Buchhandlung Antonio Machado.

Mit einem lauten „Klapp" ließ Alma das Notizbuch zuschnappen. Hastig sprang sie auf, schlüpfte in ihre Schuhe, warf Notizbuch, Bleistift und Schlüssel in ihre Handtasche und verließ im Laufschritt ihr blaues Zimmer.

Auch wenn sie nie zuvor in der Calle San Primitivo gewesen war, wusste Alma dennoch in etwa, wo sie sich befand. Das genügte ihr. In Sevilla war es nämlich so: Wenn man versuchte, mithilfe eines Stadtplanes ans Ziel zu kommen, musste man sich unweigerlich verirren. Selbst der Routenplaner des Handys versagte mangels Empfangs regelmäßig. Nein, in Sevilla musste man eine andere Technik anwenden. Man vergewisserte sich, in welche Richtung man in etwa musste und schlängelte sich dann durch die unzähligen schmalen, verwinkelten Gassen, bis man da war. So gelangte auch Alma an ihr Ziel, eine Viertelstunde nachdem sie aufgebrochen war, stand sie vor der Librería Antonio Machado. Oder zumindest dort, wo einst die Buchhandlung gewesen war. Denn jetzt befand sich an derselben Stelle ein Innenausstatter namens Mario Menéndez, mit Möbeln von zweifelhaftem Geschmack in der Auslage. Anstatt Büchern also Bücherregale ohne Bücher, Sofas mit samtenen Überzügen in eigentümlichen Farben und Lampen, die so wirkten, als hätte sie die Großmutter von Mario Menéndez ausgesucht.

Alma drückte sich einen Moment lang die Nase am Schaufenster platt. Was hatte sie erwartet? Dass die Zeit stehenbleiben und alles auf ihre Rückkehr warten würde? Manches änderte sich aber offenbar nicht. Zu Almas Linken befand sich die Plaza del Salvador, wo sich jetzt immer mehr Menschen für eine abendliche Cerveza versammelten und von denen ein unbeschreiblicher Lärm ausging. An der einen Seite des langgezogenen Platzes befand sich die Iglesia del Divino Salvador, also die Kirche des göttlichen Erlösers, an der anderen Seite eine Reihe von Bars, die so aussahen, als hätte man in den letzten hundert Jahren lediglich die Kellner ausgetauscht. Die Plaza war auch schon sehr belebt gewesen, als Alma hier gewohnt hatte. Sehr belebt bedeutete, dass man, wenn man spät nachts von der Dachterrasse des Hauses in der Alvarez Quintero aus auf den Platz blickte, das Gefühl hatte, einem Ameisenhaufen bei der Arbeit zuzusehen. Von dem menschlichen Gewimmel ging ein derartiger Lärm aus, dass zumindest Freitag- und Samstagnacht kaum an Schlaf zu denken war. Dieser Lärm, dieses ohrenbetäubende Gemurmel, erinnerte sich Alma, hatte sie in der ersten Zeit viele Stunden Schlaf gekostet. Lediglich ihre jüngere Schwester Marie hatte hier immer buchstäblich wie ein Baby geschlafen. Die Geräuschkulisse schien sie zu beruhigen.

Für einen Augenblick überlegte Alma, ob sie sich zu der gutgelaunten Menschenmenge gesellen und ein Bier trinken sollte. Aber irgendetwas hielt sie davon ab. Vielleicht fühlte sie sich noch zu fremd und sie wäre nur ein Eindringling gewesen. Stattdessen ließ sie ihren Blick in die andere Richtung schweifen.

Die Calle Alvarez Quintero war eine jener Straßen, die so schmal waren, dass man beim Durchgehen das Gefühl hatte, man könnte beide Straßenseiten gleichzeitig mit den Fingerspitzen berühren, wenn man nur die Arme ausstreckte. Und vielleicht konnte man das auch – sie hatte es nie ausprobiert. Die Straße nahm bei der Plaza del Salvador ihren Anfang und führte auf direktem Weg zur Kathedrale. Alma beschloss, ihr ein Stück weit zu folgen.

Ihr Vater, er hieß Wolfgang Schneider, aber alle nannten ihn Wolf, war vermutlich so etwas wie ein Selfmademan gewesen. Sollte heißen, er setzte sich etwas in den Kopf und machte es ganz einfach. Jedenfalls hatte er schon immer ein Händchen für Immobilien gehabt. Kurze Zeit nach ihrer Ankunft in Sevilla wurde er auf ein Haus aufmerksam, das sich einige hundert Meter von der Kathedrale entfernt, in der Alvarez Quintero befand und zum Verkauf stand – wie im Übrigen sehr viele andere Häuser auch, Mitte der 1990er-Jahre. Dieses spezielle war einst das Haus des Pfarrers gewesen. Auch wenn es aufgrund der Enge der Straße ziemlich finster war, strahlte es eine unbeschreibliche Atmosphäre aus. Auf die schwere hölzerne Eingangstüre folgte die Cancela, ein reich verziertes, schmiedeeisernes Gitter, an dem die Jahreszahl 1793 prangte. Durch sie betrat man einen kleinen Patio, einen Innenhof. Auf der gegenüberliegenden Seite des Eingangs stieg man über ein paar Stufen hinauf zum Salon, dessen Hauptfenster wiede- rum in den Patio blickte und bis zum Boden reichte. Im großzügigen Salon befand sich ein Kamin, der, wie alles andere auch in dem Haus, über viele Jahre hinweg nicht mehr benutzt worden war. Eine Treppe führte hinauf in den ersten Stock, der von einer hölzernen Balustrade gesäumt war, über die man in die verschiedenen Zimmer gelangte. Das heißt, Zimmer war vielleicht ein wenig übertrieben. Die Räume glichen vielmehr kleinen Zellen, deren Einrichtung sich auf das Wesentliche beschränkte: ein großes hölzernes Kruzifix an der Wand und ein Bett. Es war, als könnte man die Jahrhunderte, die das Haus schon gesehen hatte, einatmen und die vergangene Zeit riechen.

Und auch wenn es von diesen verlassenen Häusern zu jener Zeit viele in Sevilla gab, so waren doch nur wenige so beeindruckend wie jenes in der Alvarez Quintero. Ihr Vater verzichtete letztlich auf einen Kauf. Die schier endlosen Auflagen des Denkmalschutzamtes hatten ihn abgeschreckt.

Als Alma so viele Jahre später wieder vor dem alten Pfarrerhaus stand, wies ein Schild neben dem Eingang darauf hin, dass es nun Gästeappartements für Touristen beherbergte.

Sie entschied, sich die Kathedrale für den nächsten Tag aufzuheben. Auf dem Weg zur Sprachschule musste sie ohnehin an ihr vorbei. Stattdessen kehrte sie um, bis sie wieder vor dem Geschäft von Mario Menéndez stand. Gleich daneben befand sich eine Bar. Früher war hier die Bar Centro gewesen, doch auch sie schien, ebenso wie die Librería, nur noch in Almas Erinnerungen zu existieren. Jetzt lud das „Café Internacional“ an eben derselben Stelle vornehmlich Touristen zum Verweilen ein. Alma suchte sich einen kleinen Tisch mit Blick auf die Plaza del Salvador aus und setzte sich. Sofort stand ein Kellner neben ihr und nahm ihre Bestellung auf: Eine Cerveza und Oliven. Alma zog ihr Notizbuch aus der Tasche. Gerade als sie zu schreiben beginnen wollte, kam der Kellner zurück und stellte ihr ein Krügerl Bier vor die Nase.

„Na toll", dachte Alma bei sich. Man hatte sie zweifelsfrei als Touristin identifiziert. Einem Südspanier würde man jedenfalls im Leben kein großes Bier servieren. Die Cerveza oder Caña wurde eiskalt in kleinen Gläsern oder kleinen Flaschen serviert – andernfalls wurde sie schlichtweg zu schnell warm.

Als sie in ihrer ersten Wohnung gewohnt hatten, war Alma mit ihren Eltern und ihrer Schwester oft, beinahe täglich, in der Bar Centro zu Gast gewesen. Sie mussten buchstäblich nur einmal umfallen und waren da. Alma versuchte sich einen Augenblick lang an die Namen der Besitzer zu erinnern. Sie hatte Inma geheißen und er Paco. Nein, nicht Paco. Pepo. Er hatte Pepo geheißen. Alma nahm einen großen Schluck von ihrem Bier, setzte den Stift an und schrieb.

Im Haus neben dem unseren, also in Alvarez Quintero Nummer 1, befand sich eine der vielen, vielen Bars von Sevilla. Es war eine weithin bekannte Bar mit dem originellen Namen El Centro. El Centro wurde geführt von Pepo und seiner Frau Inma, die von früh bis spät arbeiteten, um den Gästen ihren Café con Leche und ihre Tostada und abends ihre Cervezitas und Tapas zu servieren. Auch wir gehörten zu ihren Gästen. Schon nach dem dritten Besuch wussten die Kellner, dass meine Mutter und mein Vater ihren Café *con Leche, mit Milch, tranken, ich wiederum eine Leche manchada bevorzugte, also eine Milch „befleckt" mit einem kleinen Schuss Kaffee. Sie wussten, dass meine Mutter die Tostada mit Jamón, dem typischen Rohschinken, und die Tomate in Scheiben aß, mein Vater aber mit Jamón und Tomate in Form einer Tomatencreme. Ich wollte meine Tostada mit Butter und Marmelade. Die Butter ohne Salz wohlgemerkt, was damals gar keine Selbstverständlichkeit war. Wenn man Butter ohne Salz kaufen wollte, musste man unter Umständen ins Corte Inglés, das große, exklusive Kaufhaus an der Plaza del Duque, in das sich damals nicht jeder so ohne weiteres wagte. El Corte Inglés ist heute, gemessen an seinem Umsatz, die größte Warenhauskette Europas und kann durchaus mit Harrods, KaDeWe und den Galeries Lafayettes in einem Atemzug genannt werden. Bevor El Corte Inglés 1966 nach Sevilla expandierte, befand sich an der Plaza del Duque einer der Paläste der Herzöge von Medina Sidonia, ein Palast mit so vielen Glasfenstern, dass die Bediensteten einen Monat brauchten, um alle Fenster zu putzen. Und wenn sie an einem Ende fertig waren, mussten sie am anderen Ende schon wieder von Neuem beginnen. So zumindest hatte es unser Nachbar Don Francisco erzählt. Als wir Mitte der Neunziger zur Plaza del Duque de la Victoria kamen, um im Corte Inglés Butter ohne Salz zu kaufen, war jedenfalls vom Palast der Duques de Medina Sidonia nichts mehr zu sehen. Ebenso wenig vom Palast der Familie Cavaleri oder dem Palast von Miguel Sánchez-Dalp oder dem Colegio Alfonso X El Sabio, einer Schule. Sie alle hatten der neuen Dependance der mondänen Warenhauskette weichen müssen.*

Aber zurück zu Pepo und seiner Frau Inma. Mein Vater, ein attraktiver Mann Anfang vierzig, voller Visionen und Tatendrang, hatte sich Pepo zum Freund gemacht. Er überredete den Guten, mit ihm gemeinsam ein weiteres Café auf der nahegelegenen Plaza de la Alfalfa zu eröffnen. Nicht weil mein Vater sich alleine nicht getraut hätte, sondern weil er Pepos Konzession brauchte. Nun war Pepo ein ausgesprochen netter und harmloser

Mensch – im Gegensatz zu meinem Vater. Sie eröffneten die Bar gemeinsam, doch kurze Zeit später warf Pepo das Handtuch. Er war ein wenig konservativ und wollte sein neues Geschäft in der Art führen, in der man in Sevilla eine Bar eben führte. Mit denselben Speisen und Getränken, ähnlicher Einrichtung und ähnlichem Personal wie überall anders auch. Und genau das wollte mein Vater nicht. Der arme Pepo hatte gegen Wolf keine Chance und ich erinnere mich, wie er unsere Wohnung nach einem kurzen, aber heftigen Streitgespräch unter Tränen verließ. Von da an führte mein Vater das „Café Vienés“ alleine weiter.
Das Lokal hatte allerdings von Beginn an einen kleinen Schönheitsfehler gehabt: Es war nicht als Gastronomiebetrieb gewidmet, sondern als Spielsalon. Mein Vater installierte daraufhin vier Computer mit Internetzugang im hinteren Bereich und schuf damit das erste Internetcafé in Sevilla – oder vielleicht sogar in ganz Andalusien.

Diesem Thema würde Alma sich zu einem späteren Zeitpunkt widmen. Denn das Café Vienés war ein eigenes Kapitel für sich, nein, mehrere eigene Kapitel. Stattdessen dachte sie an die fünfzehnjährige Alma, die unglücklich war, einsam und allein, herausgerissen aus ihrem alten Leben. Als ob es nicht schwierig genug gewesen wäre, mit der Pubertät und dem Erwachsenwerden zurechtzukommen, hatte man sie auch noch an einen ihr völlig fremden Ort verpflanzen müssen, wo sie niemanden kannte, niemanden verstand.

In meiner ersten Zeit in Sevilla war ich vor allem damit beschäftigt, todunglücklich zu sein. Dieser Ort war in so ziemlich jeder Hinsicht das genaue Gegenteil von dem, was ich aus meiner alten Heimat kannte. Da war nichts, was mir in irgendeiner Weise vertraut gewesen wäre. Natürlich war die Stadt an sich herrlich, atemberaubend schön, ja mit Sicherheit die schönste Stadt, die ich je gesehen hatte. Aber das bedeutete mir nichts. Selbst im Herbst war es noch immer unnatürlich heiß, alles um uns herum war trocken und staubig und die Menschen schienen immerzu laut und aufgeregt. Ich vermisste die Ruhe und Gleichmäßigkeit meines alten Lebens. Ich vermisste meine Tiere, meine Freunde, einfach alles. Dazu kam, dass ich so völlig anders aussah als die anderen. Wie alle Frauen in meiner Familie hatte ich leuchtend rote Haare und dazu hellblaue Augen. Auch wenn es in Sevilla gar nicht wenige Einheimische mit hellen Augen und blonden Haaren gab – angeblich Nachfahren der Vandalen – so wie ich sah niemand aus. Darüber hinaus war ich nicht gerade klein. Ich überragte die meisten Andalusier um einen halben Kopf – kein angenehmes Gefühl, schon gar nicht für ein Mädchen im Teenageralter. Ich konnte mich nicht verständigen, sprach ich doch kein Wort Spanisch. Und in Sevilla gab es kaum jemanden, der auch nur halbwegs der englischen Sprache mächtig gewesen wäre, geschweige denn der deutschen.

Um mich ein wenig zu trösten, kauften mir meine Eltern zwei kleine Siamkater in einem der Tiergeschäfte nahe der Plaza Alfalfa. Von diesen Tiergeschäften, in denen winzige Babykatzen und Babyhunde in der Auslage herumtollten, gab es damals jede Menge.

Auf der Plaza Alfalfa, nicht weit von unserer Wohnung, fand jeden Sonntag ein Tiermarkt statt. Dazu wurde der ansonsten stark befahrene Platz für den Verkehr gesperrt und die Tierhändler bauten ihre Stände auf. An einem Ende des Marktes trafen sich gruselige Menschen mit gruseligen Hunden, Kampfhunden ohne Ohren und mit kupiertem Schwanz. An denen drückte man sich lieber so schnell und unauffällig wie möglich vorbei. Dann kamen Tische voll mit Plastiksäckchen, in denen jeweils ein roter Goldfisch schwamm. Ein Goldfisch-Takeaway, sozusagen. Ein Highlight des Marktes waren die auf die Fische folgenden Miniwasserschildkröten. Die winzigen Wasserschildkröten tummelten sich in kleinen, blauen Plastikwannen. Zu gerne hätte ich mir eine von diesen entzückenden Schildkröten gewünscht, doch ich hatte das Gefühl, dass die Sache etwas komplizierter war, als sie auf den ersten Blick aussah. Die kleinen grünen Dinger würden bestimmt größer werden und ihren kleinen Plastikwannen entwachsen. Und dann? Die meisten Tiermarktbesucher schienen nicht so weit zu denken, denn die Wasserschildkröten im Polly-Pocket-Format gingen weg wie die warmen Semmeln. Eines Tages, als ich zu früher Morgenstunde durch eine der schmalen sevillanischen Gassen spazierte, begegnete mir eine Schildkröte, die sich im Rinnstein mühsam voranschob. Ob sie auch irgendwann zuvor auf dem Tiermarkt gekauft worden war? Vermutlich.

Auf der gegenüberliegenden Seite der Fische und Schildkröten stapelten sich nebeneinander und übereinander Vogelkäfige, die voll waren mit Kanarienvögeln. Ihr Gefieder leuchtete rot und gelb und sie hüpften aufgeregt hin und her. Für diese Tiere schien es eines gewissen Insiderwissens zu bedürfen, denn hier standen ganze Gruppen von älteren Herren beisammen und fachsimpelten. Die zarten Vöglein wurden einzeln verkauft, in

winzig kleinen Käfigen, denn nur so konnte man sie dazu bringen, fleißig zu singen.
Hier und da wurde eine Kartonschachtel aufgeschlagen und kleine Hundewelpen kamen zum Vorschein. Offensichtlich wurden in Sevilla ganz bestimmte Hunderassen bevorzugt, nämlich Yorkshire Terrier und Malteser. Das waren die Rassen, die man auf dem Markt ebenso wie auf der Straße am häufigsten antraf. Es machte auch nichts, wenn sie ein wenig hässlich geraten waren, im Gegenteil, es schien sogar so, als würden besonders hässliche Exemplare bevorzugt. Irgendjemand erzählte mir einmal, dass diese kleinen Hunderassen, die bei uns Schoßhündchen hießen, in Andalusien etwas unschön „lamacoños“ genannt wurden, also Popo-Lecker – und auch diese Übersetzung trifft es nicht ganz genau.
Wer kein Schoßhündchen wollte, sondern etwas, das sich auf dem Landsitz um die Mäuse und Ratten kümmerte, der hielt Ausschau nach einer Kiste mit Ratoneros Bodegueros. Diese Hunde stammten von den britischen Jack Russell Terriern ab und sahen auch ganz ähnlich aus: Ihre Körper waren weiß und ihre Köpfe schwarz und braun. Allerdings fielen die Ratoneros etwas langbeiniger aus als ihre Vorfahren. Während sie als Welpen ausgesprochen putzig waren, wurden sie mit zunehmendem Alter immer nerviger und hibbeliger, getrieben von ihrer Mission, pelziges Ungeziefer zu beseitigen. Schließlich waren sie dafür gezüchtet worden: um die Bodegas, die Weinkeller, die keine echten Keller, sondern ebenerdig waren, von Mäusen und Ratten freizuhalten.
Katzen fand man auf dem Markt eher selten. Vermutlich, weil es in der ganzen Stadt ohnehin von Streunerkatzen in allen Farben und Größen wimmelte. In der Tiefgarage neben unserem Haus wohnte beispielsweise

eine Katzenfamilie, die fleißig zweimal im Jahr Junge warf, die man dann bei Bedarf einsammeln konnte. Fand man auf dem Tiermarkt einmal ein Katzenjunges, durfte man davon ausgehen, dass der Verkäufer auch nichts anderes getan hatte. Als meine Schwester fünf oder sechs Jahre alt war, kaufte mein Vater für sie ein einsames Kätzchen vom Tiermarkt. Es sah den Katzen aus der Garage wirklich verdächtig ähnlich. Der kleine, im Übrigen ziemlich wilde Kater wurde Lui genannt und lebte bei Marie, bis er im biblischen Alter von sage und schreibe 21 Jahren, mittlerweile völlig zahnlos und blind, eingeschläfert werden musste. Seine Urne ziert heute noch das Küchenregal meiner Schwester.
Wer allerdings eine besondere Katze haben wollte, eine mit blauen Augen etwa, musste diese im Tiergeschäft kaufen, so wie meine Eltern damals für mich. Die Siamkätzchen wurden auf die Namen Sacco und Vanzetti getauft, nach den italienischstämmigen Ikonen der Arbeiterbewegung im Amerika der 1920er-Jahre, Ferdinando Sacco und Bartolomeo Vanzetti. Die beiden trösteten mich tatsächlich ein wenig.

Alma starrte auf ihr mittlerweile lauwarmes Bier, von dem sie gerade einmal zwei Schlucke getrunken hatte. Beim besten Willen konnte sie sich nicht daran erinnern, was aus Sacco geworden war. An das Ende von Vanzetti konnte sie sich – leider – nur zu gut erinnern: Er hatte sich eines Tages vom Balkon im dritten Stock gestürzt.
Mit einem Mal fühlte Alma sich völlig erschöpft und musste ein Gähnen unterdrücken. Morgen erwartete sie ein anstrengender Tag, dessen war sie sich sicher. Also legte sie fünf Euro fünfzig – was für ein Wucher! – auf den Tisch und machte sich langsam auf den Weg zurück in ihr blaues Zimmer.

4

Als Alma am nächsten Morgen vom dumpfen Rauschen der vorbeifahrenden Autos auf der Ronda de Capuchinos geweckt wurde, stellte sie fest, dass sie erstaunlich gut geschlafen hatte. So gut, dass sie dabei war, zu spät zu ihrer ersten Spanischstunde zu kommen. Sie huschte schnell ins Bad und machte Morgentoilette im Schnellverfahren. Mike war nicht da, bestimmt schon auf dem Weg ins Spanish Center, vermutete Alma.

Genau 25 Minuten später betrat auch sie die Sprachschule, und es gruselte sie beinahe, so wenig hatte sich das Haus verändert, seit sie das letzte Mal hier gewesen war. Nur am Empfang saß jetzt eine andere junge Frau, von der sie freundlich begrüßt wurde.

„Sorry, zu spät, ich weiß ... äh ... muy tarde“, stammelte Alma ziemlich außer Atem. Mit einem nachsichtigen Lächeln reichte ihr die Administratorin ein Formular und einen Stift. Alma wollte sich gerade ans Ausfüllen machen, als sich eine Hand mit festem Griff auf ihre Schulter legte. Erschrocken drehte sie sich um und vor ihr stand eine vierschrötige Person mit kurzen grauen Haaren und einer dicken Brille. Im ersten Moment war nicht ganz klar, ob es sich um eine Frau oder einen Mann handelte, als Alma sie schließlich erkannte.

„Melchora!“, rief sie erstaunt und umarmte ihre alte Sprachlehrerin. „Ich war nicht sicher, ob du noch hier bist. Wie geht's dir?“

Aber Melchora winkte ab. Und obwohl sie mindestens fünf Sprachen fließend beherrschte, unter anderem Deutsch, das wusste Alma, antwortete sie streng: „¡Llegas tarde a clase! Luego te cuento.“ Du kommst zu spät zum Unterricht! Wir reden später. Mit diesen Worten schob

sie Alma in den nächsten Klassenraum, in dem der Unterricht tatsächlich schon begonnen hatte. Alma spürte, wie sie bis in die Haarwurzeln errötete, während sie sich in den schmalen Klassenraum schlich und so unauffällig wie möglich Platz nahm. Die Lehrerin, eine ältere Dame, sah sie über den Rand ihrer Brille hinweg an, griff nach einer Liste und sagte fragend: „¿Buenos días ...?"
„Ähm ... Alma ... Schneider", antwortete Alma etwas nervös. „Ese – ce – atsche", begann sie zu buchstabieren.
„Ah, sí", bemerkte die Lehrerin offensichtlich amüsiert und hakte ihren Namen auf der Liste ab.
Alma zog einen Collegeblock aus ihrer Tasche und begann, sich in die Tiefen der spanischen Sprache vorzuwagen.
Als sie nach vier Stunden Unterricht endlich wieder ans Tageslicht trat, hatte sie das Gefühl, ihr Kopf würde explodieren. Den anderen Schülern schien es ähnlich zu gehen. Vier der sieben Mitschüler zündeten sich gleich einmal eine Zigarette an. Als Jean, ein gutaussehender Franzose, ihr eine anbot, lehnte Alma dankend ab. Sie hatte zum Glück schon vor einigen Jahren zum Rauchen aufgehört. Etwas neidvoll blickte sie Jean von der Seite her an. Ihm war im Unterricht alles so viel leichter gefallen als ihr. Seine Aussprache war bis auf ein leichtes Näseln „perfecto", sein Vokabular enorm und seine Sätze ergaben durchaus Sinn. Sie selbst hatte sich schwerer getan, als sie gedacht hätte. Was die Lehrerin von ihr wollte, verstand sie immer erst beim zweiten Anlauf. Und wenn sie daraufhin etwas sagen wollte, fehlten ihr schlichtweg die Worte. Sehr frustrierend.
Ihre Mitschüler steuerten auf die Bar gegenüber des Spanish Center zu und schauten Alma aufmunternd

an. Aber Alma hatte andere Pläne. Sie kannte dieses „Etablissement“ noch von früher und wusste, dass es ein ziemlicher Touristennepp war. Außerdem hatte sie aus dem Augenwinkel bemerkt, wie Melchora die Straße überquert und das übernächste Lokal aufgesucht hatte, Las Columnas. Alma verabschiedete sich mit einem kurzen Winken von den anderen und folgte ihrer alten Lehrerin zu den Columnas. Dort stand sie an der Theke und als Alma sich näherte, drehte sich Melchora um und sagte in ihrer knappen, aber nicht unfreundlichen Art: „Was willst du?“

„Coca Cola“, antwortete Alma. Melchora bestellte die Getränke und dazu noch ein paar Tapas. Es war noch früh und die Columnas, die normalerweise sehr gut besucht waren, schienen noch ein wenig vor sich hinzuschlummern. Also zogen die beiden Frauen sich an eines der Fenster zurück, die direkt auf die laute Calle Mateos Gago hinausgingen. Sie prosteten einander zu.

„Wie ging es dir in deiner ersten Stunde?“, wollte Melchora wissen.

„Gut! Ja, wirklich!“, log Alma und nahm einen Schluck von ihrer eiskalten Cola. „Wie geht’s dir? Und Rachel?“

Die andere führte ihren Café solo vorsichtig an die Lippen, stellte ihn dann aber wieder ab, weil er noch zu heiß war.

„Rachel ist wieder zurück in die Staaten“, erklärte Melchora, ohne den Blick von ihrem Kaffee abzuwenden.

„Oh“, machte Alma erstaunt.

„Ja, weißt du, sie wurde krank ... Brustkrebs ... Für die Behandlung musste sie nach Boston und dann wollte sie irgendwie nicht mehr zurück ... es war ein Schock ... für sie, meine ich, die Krankheit und so. Ich konnte es ihr nicht übelnehmen“, schloss Melchora.

„Das tut mir leid“, sagte Alma leise.
„Und dann habe ich mich in die Arbeit gestürzt, ich habe das Spanish Center übernommen. Du erinnerst dich, damals, als du hier warst, war ich nur eine kleine Lehrerin und jetzt … bin ich die jefa“, sie lachte trocken.
„Das ist toll“, meinte Alma. „Du warst immer eine fantastische Lehrerin.“
Melchora setzte den Kaffee noch einmal an und leerte ihn mit wenigen Schlucken. Von den Tapas rührte sie kaum etwas an. Die verdrückte Alma, schließlich hatte sie nichts gefrühstückt und war hungrig wie ein Bär.
„Und deine Familie?“, fragte Melchora schließlich. „Das von deinem Vater habe ich gehört.“
„Ja“, Alma winkte ab. „Das ist schon wieder lange her. Und wir hatten am Ende ja fast keinen Kontakt mehr. Meiner Mutter geht es gut. Hat wieder geheiratet. Und meine Schwester hat zwei Kinder und wohnt in einem Reihenhaus in Arschderwelt.“
„Hört sich gut an“, sagte Melchora.
Diesmal lügst *du*, dachte Alma.
„Ich muss wieder zurück.“ Die Ältere warf ihrer ehemaligen Schülerin noch einen Blick zu: „Gut, dass du hergekommen bist.“ Damit ging sie und ließ Alma allein. Die machte es sich auf der Fensterbank bequem, zückte ihr Notizbuch und ihren Bleistift.

Da ich, wie bereits erwähnt, kein Wort Spanisch sprach, beschlossen meine Eltern, mich in eine Sprachschule zu schicken. Die Wahl fiel auf das Spanish Center, eine kleine Sprachschule in der Calle Mateos Gago, nahe der Kathedrale. Um dort hinzugelangen, musste ich lediglich der Calle Alvarez Quintero bis zum Ende folgen, schon stand ich vor der Kathedrale. Die umrundete ich, querte die

Plaza Virgen de los Reyes und bog in die Calle Mateos Gago ein. Das Spanish Center war in einem schmalen, zweistöckigen Gebäude untergebracht. Alles darin war eng, vom Eingangsbereich bis zu den Klassenräumen. Ich erinnere mich, dass die Toilettenräume so klein waren, dass man sich kaum durch die Türe hineinzwängen konnte. Das Wort barrierefrei war damals noch nicht erfunden, weder auf Deutsch noch auf Spanisch.
An meinem ersten Tag begleitete mich meine Mutter Elisabeth in die Sprachschule, nachdem sie mich um acht Uhr geweckt hatte – eine Uhrzeit, die mir definitiv zu früh erschien und meine Laune nicht gerade hob. An der Rezeption saß eine ausgesprochen freundliche junge Frau mit dem Namen María de los Reyes, die für uns die Anmeldeformalitäten erledigte. Und mein erster Kurs konnte beginnen. Hatte meine Begeisterung sich schon vorher in Grenzen gehalten, war sie mir nach dem ersten Kurstag vollständig abhandengekommen. Mein Lehrer, Eduardo, sprach ausschließlich Spanisch mit uns. Aber nicht nur das, er sprach auch hauptsächlich von Verben und Nomen und Adjektiven, von Tempi und Modi und nach der ersten halben Stunde war ich komplett ausgestiegen. Mir blieb nichts anderes übrig, als in regelmäßigen Abständen herzhaft zu gähnen, was Eduardo zunehmend irritierte. So ging es geschlagene vier Wochen, ohne dass ich auch nur drei spanische Wörter aneinanderreihen hätte können. Ziemlich deprimierend. Kaum hatte ein Kurstag begonnen, da freute ich mich schon auf sein Ende. Manchmal holten meine Eltern mich gemeinsam mit Marie ab und wir gingen in die Bar Las Columnas.
Die Bar Las Columnas an der Ecke zur Calle Rodrigo Caro hieß eigentlich Bodega Santa Cruz, weil sie am

Rande des Barrio Santa Cruz lag, aber ihr Eingang war nun einmal von zwei alten römischen Säulen gesäumt und deshalb nannte man sie Las Columnas. Das Barrio Santa Cruz war wiederum das ehemalige jüdische Viertel und bildete den Mittelpunkt des touristischen Interesses in Sevilla. Begrenzt wurde es an seinen Extremen von der Kathedrale, dem Archivo de las Indias, dem berühmten maurischen Palast Real Alcázar mit seinen Gärten und den Jardines de Murillo, einem Park, der dem spanischen Maler Bartolomé Esteban Murillo gewidmet war.

Die Gassen des Barrio Santa Cruz waren, wenn das überhaupt möglich war, noch verwinkelter als die der übrigen Altstadt. Namensgebend für das Viertel war ein Platz, auf dem sich einst die im 14. Jahrhundert auf den Resten einer Synagoge errichtete Kirche Iglesia de Santa Cruz befunden hatte. Sie wurde im 19. Jahrhundert abgerissen. An ihrer Stelle steht heute ein großes schmiedeeisernes Kreuz und der Platz heißt La Plazuela de Santa Cruz. Das ehemalige jüdische Viertel war vielleicht einer der schönsten, bezauberndsten Teile von Sevilla. Doch war man kein Tourist, verschlug es einen nur noch selten in diese Ecke.

Nachdem wir erst vor kurzem angekommen waren, stellten wir, die Familie Schneider, eine Art Zwischenform dar. Wir waren keine Touristen mehr, denn wir hatten ja beschlossen zu bleiben. Einheimische waren wir allerdings auch noch nicht. Dieses undefinierbare Stadium erlaubte es uns jedenfalls, uns frei in Sevilla zu bewegen, auch in den touristischen Ecken und damit dem Barrio Santa Cruz.

Las Columnas wiederum wurde von Touristen ebenso besucht wie von Einheimischen. Sie war eine jener

Bars, die immer, wirklich immer offen zu haben schienen. Ganz gleich, ob man spätabends noch ein Bier trinken wollte oder ob man am frühen Morgen auf dem Weg zur Arbeit eine Tostada frühstücken wollte. Wir besuchten Las Columnas gerne mittags, um eine Tapa zu essen. So etwas wie eine Speisekarte gab es natürlich nicht. Die Tapas, die zur Auswahl standen, waren auf einer Tafel aufgelistet. Damals gab es in praktisch jeder Bar dieselben Tapas, die lediglich in der Qualität und im Preis leicht variieren konnten. Fixer Bestandteil des Menüs waren jedenfalls Hühner- oder Schweine- filets mit verschiedenen Saucen: Salsa al Roquefort oder al Güiski. Güiski? Es dauerte eine Weile, bis ich herausfand, dass mit Güiski Whisky gemeint war, also beispielsweise Schweinefilet in Whiskysauce. Die Schreibweise konnte auch leicht variieren: Güiki, Güisky oder so ähnlich. Pisto, bei uns besser bekannt unter dem französischen Namen Ratatouille, oder Flamenquín, eine Art Cordon bleu in Röllchenform, waren weitere Dauerbrenner, oder Croquetas und Tortilla de Patatas, beides besonders bei Kindern sehr beliebt. Im Grunde genommen schmeckte alles gut und die Preise waren lächerlich. So kostete eine Tapa meist nicht mehr als 100 oder maximal 150 Peseten. Das waren damals umgerechnet 8 oder 12 Schilling, was heute, nach Adam Riese, etwa 75 Cent oder 1 Euro wären.

Das Bestellen wollte in einer Bar wie Las Columnas allerdings gelernt sein. Vor allem mittags – nach sevillanischer Zeitrechnung also frühestens um 14 Uhr, eher aber um 15 oder gar 16 Uhr – war dort die Hölle los. Die Kellner flitzten in atemberaubendem Tempo hinter der Bar hin und her und servierten mit perfekt sitzenden Handgriffen eiskaltes Bier in kleinen Gläsern

und Speisen auf kleinen Tellern. Sie hatten keine Zeit um stehen zu bleiben, zu grüßen, zu warten, bis man sich entschieden hatte und dann die Bestellung aufzunehmen. Nein. Man rief einfach dem vorbeieilenden Kellner seine Bestellung zu, zum Beispiel so: „Oye, pónme dos cañas, una tapita de tortilla y un solomillo al roque, al favor." Also: „Hörmal, gib mir zwei kleine Gläser Bier, eine Tapa von der Kartoffel-Tortilla und ein Schweinsfilet mit Roquefortsauce, sei so gut."
Und in kürzester Zeit bekam man die Bestellung serviert, mit einer Kreide wurden die Preise direkt auf die Nirosta- oder Holztheke notiert und man aß und trank selbstverständlich im Stehen. Benutzte Servietten oder auch Zigarettenstummel wurden auf den Boden geworfen, der vorsorglich mit Sägemehl ausgestreut war. Das Gemisch aus Sägemehl, Servietten und Colillas, Kippen, wurde nach Sperrstunde einfach zusammengekehrt und entsorgt. Geraucht wurde grundsätzlich überall. Nicht nur auf der Straße, in Bars oder Restaurants, auch in Geschäften und Apotheken. Ob man selbst oder einfach nur mitrauchte, war da schon egal.
Auch wenn die Kellner noch so beschäftigt waren, für einen kleinen Scherz war immer Zeit. In Andalusien Kellner zu sein, war mehr als ein Beruf, es war eine Berufung. Die Männer – ja, da waren vornehmlich Männer hinter den Tresen, höchstens in einem Café traf man KellnerINNEN an – erkannte man an ihren schwarzen Hosen und weißen Hemden und sie verbrachten so viel Zeit in ihren Bars, dass sie wohl eingegangen wären, hätten sie ihren Job nicht wirklich gerne gemacht.
Wenn man am Ende bezahlte, blieb einem als Guiri meist nichts anderes übrig, als sich über die niedrigen Preise zu wundern. Trinkgeld gab man in Sevilla jeden-

falls nicht und wenn doch, dann warf der Kellner die entsprechenden Münzen in einen gemeinschaftlichen Topf und schrie laut „¡Bote!", oder er läutete eine kleine Glocke oder etwas in der Art.
Wenn ich nicht von der Sprachschule abgeholt wurde und alleine nachhause gehen musste, blieb ich meist noch bei den Souvenirshops rund um die Kathedrale stehen und suchte Postkarten aus, die ich meinen Freunden in Österreich schicken wollte. Neben den etwas langweiligen Karten mit den verschiedenen Sehenswürdigkeiten Sevillas gab es auch welche mit spannenderen Motiven, zum Beispiel Pferden. Die kaufte ich nicht, denn ich wusste, ich würde sie doch nicht verschicken, sondern aufheben und in meinem Zimmer an die Wand pinnen. Es gab auch Karten mit Tänzerinnen, denen man bunte Röcke aus echtem Stoff aufgestickt hatte. Einmal aber entdeckte ich eine Karte, die mich stocken ließ. Die Karte war schwarz, ganz schwarz. Nur in der rechten unteren Ecke stand in kleinen weißen Buchstaben „Sevilla de noche". Sevilla bei Nacht. Das gefiel mir. Ich kaufte die Karte. Und ich wusste, auch die würde ich nicht verschicken, sondern in meinem Zimmer an die Wand pinnen, sie immer wieder betrachten und mich über die originelle Idee amüsieren.

Alma blickte auf. Der Lärmpegel war in der letzten halben Stunde deutlich angestiegen. Vor ihr standen leere Teller und ihr leeres Glas und sie bemerkte mehrere Gäste, die offensichtlich darauf warteten, dass sie sich endlich vom Acker machen würde. Den Gefallen wollte sie ihnen gerne tun, packte ihre Sachen zusammen und ging zurück in ihr geliehenes Zuhause.

5

Den Rest der Woche verbrachte Alma damit, jeden Tag brav zur Schule zu gehen. Angebote der anderen, danach noch gemeinsam etwas zu essen, schlug sie aus, ebenso wie Mikes Flehen, mit ihm abends doch noch einen Drink zu nehmen. Stattdessen tauchte Alma tief in ihre Vergangenheit ein, machte zwischendurch kleine Spaziergänge, suchte alte Plätze auf, immer mit ihrem Notizbuch in der Tasche, um Erinnerungen, die ihr kamen, festzuhalten.
Am Donnerstag beschloss sie, nach der Schule einen anderen als den üblichen Weg nachhause zu nehmen. Dafür schlängelte sie sich durch die Calle Abades, die so schmal war, dass man sogar als Fußgänger Angst haben musste, irgendwo stecken zu bleiben. Aber Alma blieb natürlich nicht stecken, sondern bog nach einer Weile nach rechts in die Calle Corral del Rey ein. In der Nähe der Plaza Alfalfa gelangte sie zur Calle Vírgenes, wo sie wieder rechts abbog in die Calle Águilas. Bald kam sie an einen Platz, die Plaza de Pilatos, an der sich der gleichnamige Palast Casa de Pilatos befand. Die Casa de Pilatos war für Besucher geöffnet, aber sie war nicht Almas eigentliches Ziel. Sie bog noch zweimal um die Ecke und stand vor einem weiteren Palast, der allerdings von der Straße aus nicht zu sehen war. Alma wusste, dass er da war, weil ihre Mutter hier eine Zeitlang aus und ein gegangen war.
Ein Bänkchen unter einem Orangenbaum auf der gegenüberliegenden Straßenseite sah einladend genug aus, so dass Alma sich darauf niederließ und ihr Notizbuch herausholte. Eine kleine Gruppe von Touristen zog kurz

darauf vorbei, vermutlich auf dem Weg zur Casa de Pilatos.

Alma dachte an ihre Mutter, die in ihrem früheren Leben, also bevor sie nach Sevilla kamen, Lehrerin gewesen war. Elisabeth Schneider war eine schöne Frau, klug und witzig, eigentlich überhaupt nicht langweilig. Aber neben ihrem Mann, dem „Wolf", verblasste sie und das gefiel ihr nicht. Sie wollte mehr sein als eine Frau durchschnittlichen Alters von durchschnittlicher Herkunft und mit einem durchschnittlich spannenden Beruf. Deshalb hatte sie sich auch nur zu gerne auf das Abenteuer Sevilla eingelassen. Zumindest war das Almas Theorie.

Elisabeth Schneider, meine Mutter, war in unserer alten Heimat Lehrerin gewesen. Auch wenn sie immer versuchte, diese Tatsache zu verschweigen, weil sie ihr, aus welchen Gründen auch immer, peinlich war, kam sie ihr in Sevilla ganz unerwartet zugute. Eines Tages entdeckte sie im Cambalache, einer Zeitung für Kleinanzeigen, ein unscheinbares Inserat, in dem eine Deutschlehrerin gesucht wurde. Meine Mutter rief an und vereinbarte mit einer freundlichen Dame einen Termin für den nächsten Tag. Sie notierte auch die Adresse, Calle de la Infanta. Als sie am nächsten Tag auf dem Weg in die Calle de la Infanta war, bemerkte sie, dass sie keine Hausnummer dazugeschrieben hatte. Während sie sich noch über die unpräzise Adressangabe ärgerte, bog sie in die besagte Straße ein. Im selben Moment wurde ihr klar, dass sie keine Hausnummer brauchen würde, denn in der Calle de la Infanta gab es nur ein einziges Haus. Oder besser gesagt, eine hohe Mauer mit einem einzigen Tor darin. Elisabeth drückte auf den

unbeschrifteten Klingelknopf und wenige Augenblicke später öffnete ein Bediensteter in Livree das Tor einen Spalt breit.
„¿Señora Esnaider?“, fragte er.
„Sí“, antwortete meine Mutter und wurde daraufhin eingelassen. Gemeinsam mit dem Diener durchquerte sie einen riesigen Patio, in dessen Mitte ein Springbrunnen fröhlich vor sich hinplätscherte. Ein Arkadengang säumte den Innenhof an zwei Seiten. Über eine Steintreppe wurde Elisabeth in ein elegantes Entree geführt und der Diener hieß sie zu warten. Kurze Zeit später kehrte er mit einer älteren Dame zurück, die für sevillanische Verhältnisse großgewachsen war, ansonsten aber eher unscheinbar wirkte.
„¿Elisabeta?“, fragte die Dame und Elisabeth streckte ihr die Hand hin. Die Dame ergriff die Hand für den Bruchteil einer Sekunde, um sie dann wieder loszulassen und sagte: „Yo soy María.“
Die beiden unterhielten sich kurz, vereinbarten die Tage – der Unterricht sollte immer dienstags und donnerstags stattfinden –, Uhrzeit und Stundensatz und verabredeten sich für den nächsten Donnerstagnachmittag.
Elisabeth wunderte sich über ihre erste Begegnung mit ihrer neuen Arbeitgeberin, aber auch nicht zu sehr.
Am darauffolgenden Donnerstag fand sie sich zur vereinbarten Uhrzeit in der Calle de la Infanta ein. María schien nicht da zu sein, der Diener öffnete Elisabeth und führte sie in einen riesigen Raum im ersten Stock, wo bereits zwei Mädchen, eines etwa sechs, das andere etwa acht Jahre alt, an einem großen Tisch sitzend auf sie warteten. Elisabeth setzte sich dazu und als die Mädchen sie erwartungsvoll anblickten, beschloss ihre Lehrerin gleich mit der ersten Lektion zu beginnen:

„Hallo. Ich heiße Elisabeth. Elisabeth Schneider. Und du?“ Bei den letzten beiden Worten zeigte sie auffordernd auf das ältere der beiden Mädchen. Dann sagte sie noch einmal langsam: „Ich heiße Elisabeth Schneider.“

Das Mädchen sah ihre Lehrerin verwundert an. „Elisabeth Esnaider“, wiederholte es. „¿Nada más?“, fragte sie, sonst nichts?

„Ja“, erklärte Elisabeth ihrer Schülerin auf Spanisch. „In Österreich haben wir nur einen Nachnamen. Uno. Meistens jedenfalls.“

„Ah“, machte es.

„Also noch einmal: Ich heiße …“, begann Elisabeth.

Das Mädchen formte die ersten Worte vorsichtig und sagte: „Ich eiße … ah … María Blanca Sol de Medina y Orleans-Braganza, Condesa de Ampurias.“

Elisabeth starrte sie einen Augenblick lang an, machte schließlich „mhm“ und wandte sich der Jüngeren zu: „Und du? Ich heiße …“

„Ik eiße Ana Luna de Medina y Orleans-Braganza, Condesa de Ricla.“

Elisabeth war sich sicher, dass sie erheblich länger brauchen würde, sich diesen Satz zu merken, als ihre Schülerinnen. Sie teilte ihre mitgebrachten Übungsblätter aus und folgte dem vorbereiteten Unterrichtsplan. Am Ende der Stunde wandte sie sich noch einmal an María Blanca Sol und so weiter, denn sie hatte das Gefühl, dass ihr etwas Wesentliches entgangen war. Auf Spanisch fragte sie: „Wie heißt denn eigentlich eure Mutter? María …?“

Die beiden Mädchen kicherten. Schließlich erkundigte sich Sol: „Mit oder ohne Titel?“

Elisabeth hob etwas ratlos die Schultern.

„Also mit Titel heißt es: Ihre königliche Hoheit Kronprinzessin von Jugoslawien, Herzogin von Segorbe, Gräfin von Rivadavia, Prinzessin María de la Gloria von Orleans-Braganza und Borbón-Dos Sicilias."
Die Lehrerin schluckte. „Ihre königliche Hoheit?"
„Mütterlicherseits ist sie die Cousine von König Juan Carlos I.", erklärte Luna.
„Du meine Güte", entfuhr es Elisabeth.
„Ihr Vater war der letzte Kaiser von Brasilien", ergänzte Sol.
„Jetzt nehmt ihr mich auf den Arm, oder?", erkundigte sie sich.
Sol schüttelte den Kopf. „Er war Prinz Pedro Gastón de Orleans-Braganza. Und ihre Mutter ... aber das wird jetzt langweilig."
„Und ihr beide seid ...", begann Elisabeth.
„Prinzessinnen", ergänzte Sol mit einem milden Lächeln.
„Unser Bruder ist der Kronprinz von Serbien", platzte Luna heraus und verdrehte dabei die Augen, als wäre ihr Bruder ein alter Angeber, der sie unbedingt übertrumpfen musste.
„Schön, dann ...", murmelte Elisabeth und stand auf. „Dann freue ich mich, euch kennenzulernen ... Prinzessinnen. Bis zu unserer nächsten Stunde möchte ich, dass ihr die Übungsblätter ... naja, übt." Auf Deutsch fügte sie noch hinzu: „Auf Wiedersehen."
„Fwiederseh", verabschiedeten sich die beiden Mädchen artig. Gerade als Elisabeth den Raum verlassen wollte, fiel ihr Blick auf eine große Ansammlung von gerahmten Fotos, die auf dem Klavier, einem prächtigen Steinway-Flügel, standen. In vorderster Reihe ein Foto von María de la Gloria, wie sie der englischen Queen die Hand küsste. Elisabeth lächelte und folgte dem

Diener, der in der Zwischenzeit erwartungsvoll zu ihr getreten war, nach draußen. Sie konnte ja nicht wissen, dass Sevilla zu jener Zeit ein beliebter Rückzugsort für Adelige aller Ränge war, von kleinen Landadeligen bis hin zur Duquesa de Alba und eben den Medina y Orleans-Braganza.

Über die Jahre hatte Elisabeth Schneider immer wieder gerne an ihre Zeit als Lehrerin der Prinzessinnen gedacht und Alma oft davon erzählt. In Zeiten der totalen Vernetzung war es natürlich ein Leichtes, mehr über die adelige Familie herauszufinden und das tat Alma aus purer Neugierde auch irgendwann …

Das Geschlecht der Orleans-Braganza, die über 60 Jahre lang die Kaiser von Brasilien gewesen waren, ging auf die Kapetinger zurück. Und die Kapetinger wiederum waren eines der ältesten europäischen Adelsgeschlechter überhaupt. Ihre Geschichte beginnt im 7. Jahrhundert als fränkisches Adelsgeschlecht und direkte Nachkommen der Merowinger und Karolinger. Heute sind sie das älteste noch im direkten Mannesstamm existierende europäische Herrschergeschlecht und einer ihrer letzten regierenden Monarchen ist König Felipe VI.
María de la Glorias Vater, Prinz Pedro Gastón de Orleans-Braganza, heiratete Prinzessin María de la Esperanza de Borbón-Dos Sicilias, eine Bourbonin. María de la Esperanzas Schwester María de las Mercedes war niemand Geringeres als die Mutter von Altkönig Juan Carlos I.
In erster Ehe war María de la Gloria de Orleans-Braganza mit Prinz Alexander von Jugoslawien, Kronprinz von Serbien und Oberhaupt des serbischen Königshauses,

verheiratet gewesen. Der älteste Sohn der beiden, Pedro oder Petar, ist Kronprinz von Jugoslawien, auch wenn er in Chicago, Illinois, geboren wurde.
Nach der Scheidung im Jahr 1985 heiratete María de la Gloria den späteren Vater ihrer beiden Töchter María Blanca Sol und Ana Luna, Don Ignacio Medina y Fernández de Córdoba, Duque de Segorbe. Don Ignacio wiederum war direkt verwandt mit dem Duque de Feria, der damals in aller Munde war: Nach einem großen Skandal rund um Drogen und Korruption war er 1995 gerade aus dem Gefängnis entlassen worden.

Die Familie von María de la Gloria gibt es tatsächlich, die Episode in dieser Geschichte ist jedoch erfunden.

6

Dann war Freitag – endlich! Alma fühlte sich von ihrer ersten Woche als Sprachschülerin dermaßen erschöpft, dass sie nachmittags eine kleine Siesta einlegen musste. Auch konnte sie nicht sicher sein, was Maribel mit ihr vorhatte. Wenn es die typisch sevillanische Art von Ausgehen werden sollte, dann bedeutete das, sie würden sich frühestens gegen zehn Uhr abends treffen und erst im Morgengrauen wieder nachhause kommen. Diese Aussicht bewog Alma, sicherheitshalber eine Stunde länger Siesta zu halten und den Wecker auf sechs Uhr abends zu stellen. Um acht kam eine Whatsapp-Nachricht von Maribel, die Alma für zehn Uhr in die Alameda bestellte.

Die Alameda ... sie konnte kaum fassen, wie lange sie nicht mehr an diesen Ort gedacht hatte. Dabei war die Alameda Mitte der 90er-Jahre so etwas wie der Sündenpfuhl Sevillas gewesen. Ein Grund, warum sich vor allem ihr Vater besonders von ihr angezogen gefühlt hatte.

Die Legende besagt, dass es kein Geringerer als Herkules gewesen war, der Sevilla einst gründete. Als man im 16. Jahrhundert im nördlichen Sevilla einen großen öffentlichen Park anlegte – genau genommen einen der größten Europas –, platzierte man an beiden Enden riesige römische Säulen. Und um den Gründer der Stadt zu ehren, widmete man eine der Säulen dem großen Herkules und der Platz erhielt den Namen Alameda de Hércules.

Eine Zeitlang tummelten sich hier in erster Linie die vornehmen Herrschaften der Stadt. Doch nach dem Spanischen Bürgerkrieg verkam der Platz zusehends, die Alameda wurde zu einem der ärmsten Viertel Sevillas.

Als die Schneiders ankamen, war der große Platz eine Staubwüste und die Alameda bekannt für ihre Bordelle, ihre zwielichtigen Bars und eine überdurchschnittlich hohe Rate an Drogentoten.
Jeden Sonntag fand auf dem Platz ein Flohmarkt statt. Hier konnte man tatsächlich allerlei Kuriositäten finden und manchmal auch noch durchaus wertvolle Einzelstücke. Aber auch wenn einem das Fahrrad gestohlen worden war, kam man in die Alameda, um es hier für ein paar hundert Peseten zurückzukaufen.
Die jugendliche Alma mochte diesen Ort überhaupt nicht, er war ihr zu dreckig und chaotisch. Nichtsdestotrotz musste sie ihre Eltern regelmäßig begleiten. Auch die Tatsache, dass man sie hier bestohlen hatte – zweimal! – änderte nichts daran, dass Almas Eltern sich für den exotisch anmutenden Flohmarkt begeisterten.
Nachdem die Schneiders eine große Runde um den Markt gedreht hatten, landeten sie stets in einer Bar namens Havanilla, am Nordende des Platzes. Hier waren hauptsächlich junge Leute unterwegs, die allesamt aussahen wie Hippies und einen krassen Gegensatz zu den schicken Sevillanern im Zentrum bildeten. Der Duft von Marihuana waberte durch die Luft und verlauste Hippie-Hunde streunten zwischen den Leuten umher, auf der Suche nach etwas Essbarem. Während Alma von ihrer Cola schlürfte, beobachtete sie fasziniert und angeekelt zugleich die Szenerie.
In einer der Seitenstraßen der Alameda gab es ein Transvestitenpuff. Hier standen sich große und kleine, dicke und dünne Männer, die aussahen wie übertrieben aufgedonnerte Frauen, die Beine in den Bauch. Wenn ein potenzieller Kunde die Straße querte, riefen sie ihm mit rauer Stimme etwas hinterher, das Alma zum Glück

nicht verstand. Noch nie hatte sie gesehen, dass ein Mann tatsächlich zu ihnen rübergekommen wäre, geschweige denn ihr Etablissement betreten hätte. Vermutlich war es, dachte Alma, dafür aber auch nicht die richtige Tageszeit. Sie fand es jedenfalls kurios, dass die winzige Straße, in der sich das Puff befand, „Niño Perdido“ hieß – „Verlorenes Kind“.

Wenn Alma den Blick weiterschweifen ließ, schaute sie in die Calle Joaquín Costa hinein. Die Joaquín Costa war von allen verruchten Straßen in der Alameda die schlimmste. Schon tagsüber sah man die Drogensüchtigen über das Kopfsteinpflaster kriechen, zu zugedröhnt, um noch aufrecht gehen zu können. Manchmal, aber wirklich nur sehr selten, fuhr ein Streifenwagen durch diese Straße. Meistens machte die Polizei einen großen Bogen um die ganze Ecke.

Gegenüber des Havanilla gab es eine weitere Bar, die stets gut besucht war, das Central. Das Central befand sich wiederum in einem Häuserblock, den man gemeinhin unter dem Namen „manzana podrida“ kannte, also „verdorbener Apfel“ oder „verdorbener Wohnblock“, denn das Wort „manzana“ hat zwei Bedeutungen. Alma war sich ziemlich sicher, dass von allen Ecken in Sevilla ihrem Vater diese die liebste war. Und da er ein Mann der Tat war, zog er in eine kleine Wohnung, die sich zwei Stockwerke über dem Central befand. Rundherum wohnten Huren und Dealer und es gab im ganzen Haus niemanden, der nicht regelmäßig Drogen aller Art konsumierte. Die ganze Nacht lang herrschte ein unbeschreiblicher Lärm in diesem Haus. Es gab ein ständiges Kommen und Gehen, Schreie und Gelächter erfüllten die Luft gleichermaßen. Dafür war es untertags relativ ruhig. Die Bewohner mussten sich schließlich von ihren nächtlichen Aktivitäten erholen. Wolf wohnte also eine Weile in der Manzana podrida, allein, versteht sich. Denn Wolf und Elisabeth Schneider führten eine turbulente Ehe – Alma musste bei diesem Euphemismus innerlich schnauben – und sie trennten sich in regelmäßigen Abständen, nur um sich dann wieder zu versöhnen. Das Ganze lief in einem immer gleichen Muster ab: Es gab einen gewaltigen Streit, Wolf verließ mit nicht viel mehr als einer Zahnbürste und ein paar Unterhosen die gemeinsame Wohnung, suchte sich eine eigene Bleibe, blieb dort eine Weile und kehrte dann wieder zurück. Nicht reumütig, nein. Sondern so, als wäre es das normalste der Welt, ab und an aus- und dann wieder einzuziehen. Alma fand das ganz und gar nicht normal. Sie erinnerte sich daran, wie sehr sie diese Kämpfe immer erschüttert hatten. Aber das interessierte niemanden. Jedenfalls nicht ihre Eltern.

Alma saß immer noch auf ihrem Bett im blauen Zimmer und war sich plötzlich nicht mehr sicher, ob sie in die Alameda wollte. Einen Augenblick lang überlegte sie, ob sie Maribel einen anderen Treffpunkt vorschlagen oder ihre Verabredung überhaupt absagen sollte. Doch sie ließ es. Stattdessen stand sie auf und öffnete ihren Kleiderkasten. Ratlos starrte sie hinein. Was sollte sie bloß anziehen? Wenn die Alameda das Hippiezeitalter mittlerweile hinter sich gelassen hatte – was sie vermutete – dann würden dort, wie überall sonst in Sevilla, des Abends die jungen Frauen leicht bekleidet unterwegs sein. Wenn sie selbst in Jeans und T-Shirt daherkam, wäre sie also unpassend gekleidet. Andererseits hatte sie keine Lust, sich zu sehr herauszuputzen. Mit ihren roten Haaren zog sie hier ohnehin alle Blicke auf sich. In dem

Moment gab ihr Handy ein leises Ping von sich. Es war eine Nachricht von Maribel und als hätte ihre Freundin ihre Gedanken aus der Ferne gelesen, stand da: „¡Pónte guapa!“, was so viel bedeutet wie „Mach dich hübsch!“ Alma seufzte und holte ihr Lieblingsminikleid aus dem Kasten. Es war hellblau und passte hervorragend zu ihren Augen.

Da sie vermutete, dass auch Mike seinen Freitagnachmittag für eine ausgedehnte Siesta nützte, schlich sie auf leisen Sohlen Richtung Bad. Sie öffnete die Türe, die im Übrigen kein Schloss hatte – und wich erschrocken zurück.

„Oh Gott, es tut mir so leid, ich wusste nicht, dass du …“, stammelte Alma, hielt sich die Hand vor die Augen und legte den Rückwärtsgang ein. Als sie die Augen vorsichtig wieder öffnete, stand Mike lachend in der Badezimmertür. Er hatte nicht mehr als ein kleines Handtuch um die Hüften geschlungen.

„Kein Problem“, sagte er, immer noch schmunzelnd. „Ich bin schon fertig, siehst du?“

Bei den Worten „siehst du“ ließ Alma ihren Blick für einen Moment über Mikes ausgesprochen formschönen Körper wandern. Er war muskulös, braun gebrannt und völlig unbehaart. „¡Un bonbón!“, hörte Alma Maribels Stimme in ihrem Ohr und musste selbst kichern.

„Bitte entschuldige, ich dachte du ruhst dich aus … in deinem Zimmer“, versuchte Alma zu erklären, während ihr Blick immer wieder zu Mikes Oberkörper zurückwanderte. Seine frisch gewaschenen Locken fielen ihm bis auf die Schultern und er verströmte einen verlockenden Duft nach Aftershave.

„Echt kein Ding“, beruhigte sie Mike. „Ich mach mich nur gerade fertig. Wir treffen uns dann, ich und ein paar

Colegas von der Schule, wir gehen was trinken in die Alameda."
„Tatsächlich?", murmelte Alma.
„Ja, willst du mitkommen?", fragte Mike hoffnungsvoll.
„Danke, das ist wirklich nett, aber ich bin für heute schon verabredet."
„Oh", machte Mike und hörte sich dabei enttäuscht und verunsichert zugleich an.
„Ja. Aber vielleicht sehen wir uns ja. So groß ist Sevilla schließlich auch nicht." Alma wunderte sich selbst über das dumme Zeug, das da aus ihrem Mund kam. Sevilla war groß genug, um sich jahrelang aus dem Weg zu gehen, wenn man nur wollte. Aber in der Alameda würden sie sich ziemlich sicher über den Weg laufen. Nur wollte sie ihm das nicht gleich auf die Nase binden.
„Also schön", sagte sie und quetschte sich vorsichtig an Mike vorbei. „Dann werd ich mal …" Ohne zu widersprechen, ging Mike in sein Zimmer.

7

Von der Calle San Primitivo waren es gut zwanzig Minuten bis zur Alameda de Hércules. Alma machte sich gemächlich auf den Weg. Es hatte immer noch an die dreißig Grad, obwohl es schon halb zehn Uhr abends war. Mit jeder schnellen Bewegung riskierte man einen Schweißausbruch. Alma gratulierte sich stumm zu der Entscheidung, das Sommerkleid angezogen zu haben, auch wenn es ihr vor dem Spiegel fast ein bisschen kurz vorgekommen war. Glücklicherweise hatte sie Elisabeths Gene geerbt, zumindest wenn es um die Figur ging. Ihre Mutter war Anfang sechzig und viele weit jüngere Frauen wären dankbar gewesen für einen Körper wie den ihren.

Die Calle Azafrán lag ruhig da, Alma begegnete keiner Menschenseele. Erst als sie in die Calle Imagen einbog, wurde es belebter. Taxis brausten an ihr vorbei, junge und alte Menschen liefen sich lautstark unterhaltend die Gehsteige entlang. Kein Zweifel, es war Freitagabend. An der Ecke zur Plaza de la Encarnación blieb Alma ruckartig stehen. Mitte der Neunziger war der Platz eine riesige, stillgelegte Baustelle gewesen, in der einzig eine große Kolonie von Streunerkatzen wohnte. Alma konnte sich noch genau an den penetranten Gestank von Katzenurin erinnern, der von diesem Ort ausging. In Sevilla gab es damals viele leere Häuser, hinter deren Fassaden herrenlose Katzen hausten. Sie alle verströmten denselben Geruch.

Doch jetzt erhob sich an ebenjener Stelle eine gigantische Konstruktion aus Stahl und Holz in Form von Pilzen, weshalb sie auch „Setas“ genannt wurde. Alma hatte schon davon gehört, von den Setas de Sevilla, auf

die man mit einem Lift hinauffahren und dann oben spazieren konnte – mit herrlichem Blick auf die Altstadt, versteht sich. Am Fuße der Riesenpilze befand sich der Markt, der allerdings mit einem ursprünglichen sevillanischen Mercado nichts zu tun hatte, auf dem einfache Bauersleute und Fischer ihre regionalen Waren für wenig Geld anboten, so wie früher. Die Geschäfte und Bars der neuen Encarnación waren schick und teuer – also im Grunde genommen eher etwas für Touristen.
Alma nahm sich vor, demnächst die Aussicht zu testen und ging weiter, nachdem sie die gewaltige Konstruktion ausreichend bestaunt hatte. Bis sie zur Plaza del Duque de la Victoria gelangte. Vor ihr lag das Corte Inglés und Alma fühlte sich plötzlich seltsam ergriffen. Es war, als wäre sie wieder fünfzehn und ihre Mutter würde neben ihr stehen, vor sich den Buggy, in dem die kleine Marie saß. Wie oft waren sie gemeinsam in das Corte Inglés gegangen, waren stundenlang durch die Gänge mit den sündteuren Taschen, Schuhen und Kleidern geschlendert, ohne etwas zu kaufen. Schließlich waren sie ins Untergeschoß gefahren, wo sich der Supermarkt befand, hatten Butter ohne Salz geholt und waren wieder nachhause spaziert. Sie waren glücklich und unbeschwert gewesen. „Seltsam", dachte Alma. In den meisten ihrer Erinnerungen an Sevilla war sie unglücklich, aber nicht in dieser.
Sie schüttelte sich entschieden und kehrte in die Gegenwart zurück. Zwei Straßen führten von hier aus zur Alameda: die Calle Amor de Dios und die Calle Trajano, benannt nach dem römischen Kaiser Trajan. Obwohl die Gehsteige hier sehr schmal waren und Busse in regelmäßigen Abständen gefährlich nahe an den Fußgängern vorbeidonnerten, bevorzugte Alma seit jeher

die Calle Trajano. Und dann war sie da: Vor ihr lag der langgestreckte Platz, gesäumt von Platanen und Pappeln. Über ihr thronten, am Ende zweier hoher Säulen, Herkules und Julius Cäsar. Abgesehen von den Säulen hatte sich alles verändert: Wo sich vorher ein chaotischer, wüstenartiger Sandplatz befunden hatte, erstreckte sich nun ein befestigter Park mit Bänken und Wasserspielen, einem Kiosk in der Mitte und gleich mehreren Spielplätzen. Statt der verlausten Hunde liefen jetzt Kinder zwischen den Erwachsenen umher, die wiederum eine bunte Mischung aus schicken Sevillanern, Post-Hippies und Touristen bildeten. Erstaunt spazierte Alma an ihnen vorbei. An den Rändern des Platzes hatten viele neue Bars und Restaurants eröffnet. Ein Puff suchte man hier vermutlich vergebens.
Als sie am anderen Ende der Alameda angelangte, begann Alma die Menschenmenge nach Maribel abzusuchen. Zwischen dem Central, das es tatsächlich immer noch gab, und dem Havanilla, das mittlerweile Varadero hieß, hatte sich schon eine größere Gruppe junger und nicht mehr ganz so junger Menschen versammelt. Maribel war nicht dabei. Alma hatte vergessen, dass vereinbarte Uhrzeiten in ganz Andalusien nur ungefähre Richtwerte waren. Wer pünktlich kam, war selbst schuld. Also ging sie zum Varadero, das, wie das Havanilla früher, eine Art Durchreiche zur Straße hatte: ein Fenster, an dem man bestellen und sich seine Getränke holen konnte. Alma bestellte ein Gin Tonic. Sie sah der Kellnerin dabei zu, wie diese ein schmales, hohes Glas nahm, es bis zum Rand mit Eiswürfeln füllte, und dann den Gin großzügig eingoss, bis das Glas halbvoll war. Alma schluckte. Auch das hatte sie vergessen: ein Gin Tonic war hier nicht dasselbe wie zuhause. Ohne Kommentar

legte sie ein paar Euro auf das Fensterbrett und nahm ihr Getränk entgegen.
Aus dem Central dröhnte Musik, laut genug, um den kleinen Platz zwischen den beiden Bars zu beschallen. Die Leute hier sahen toll aus und ihre gute Laune wirkte ansteckend. Hier kam man her, um eine gute Zeit zu haben. Das hatte Alma früher schon immer bewundert: In Sevilla schien man seit jeher zu wissen, was Spaß war – und der musste nicht teuer sein. Man traf sich fast das ganze Jahr über auf der Straße, holte sich bei einer Bar ein Bier oder eine Cubata, also ein Mischgetränk à la Gin Tonic oder Bacardi Cola. Man quatschte und lachte zusammen und ging dann weiter zur nächsten Bar, wo sich das Ganze wiederholte. Und das bis in den frühen Morgen. Ja, Alma wusste nur zu genau, wie das ablief …
In dem Moment fasste sie jemand am Arm und wirbelte sie mit einem Ruck herum, so dass ihr beinahe das Gin Tonic aus der Hand gefallen wäre. „¡Ayyy …!“, quietschte es in ihr Ohr und schon wurde sie von ihrer Freundin heftig umarmt. Kaum hatte sie Alma wieder losgelassen, begann Maribel sofort wie ein Wasserfall loszusprudeln. In atemberaubendem Tempo erzählte sie von ihrem Mann Sergio, von ihren Kindern Juan Manuel und Irene. Irgendwann zwischen zwei Sätzen holten sie an der Durchreiche ein Bier für Maribel und eine weitere Cubata für Alma. Alma hörte ihrer Freundin einfach nur zu. Sie wusste, dass Maribel, seit sie zwei Kinder hatte, nicht mehr so oft rauskam. Das tat ihr leid. Andererseits hatte sie etwas Wunderbares, nämlich eine Familie, in der man sich von Herzen liebte und immer füreinander da war. Und darum beneidete Alma sie. Plötzlich gab Maribel wieder ein hochfrequentes „¡Ayyy …!“ von sich

und riss die Hände zu einer Umarmung in die Höhe. Eine Frau, die Alma nicht kannte, war lachend auf sie zugekommen und ließ sich von Maribel fest drücken. Sie wurde Alma als Rocío vorgestellt, eine weitere Freundin von Maribel. Offenbar hatte Rocío auch einen Mann und Kinder, denn das Gespräch ging inhaltlich nahtlos von Maribels Familie zu Rocíos Familie über. Nach einer Weile begann Alma sich ein wenig deplatziert zu fühlen und sie ließ ihren Blick wieder über die Menge schweifen. Vielleicht war Mike hier irgendwo …? Plötzlich erstarrte sie. Sie war so erschrocken über das, was – nein, wen! – ihre Augen erblickten, dass sie sich nicht bewegen, geschweige denn schnell genug irgendwo verstecken konnte. Dennoch schnappte sie Maribel und schob ihre Freundin unsanft vor sich hin wie ein Schutzschild. Umsonst, schließlich war Maribel einen halben Kopf kleiner als sie selbst und sie wusste, ihr rotes Haar würde sie in jeder Menschenmenge verraten. Natürlich entdeckte er sie und starrte sie einen Moment lang ungläubig an.
„Was ist los?“, fragte Maribel ein wenig ungeduldig und befreite sich aus Almas Klammergriff. Sie folgte dem Blick ihrer Freundin und entdeckte einen gutaussehenden Mann, der sich langsam, aber zielstrebig auf sie zubewegte.
„Wer ist das?“, wollte Maribel wissen. Aber Alma war noch immer zur Salzsäule erstarrt.
„¿Y tú qué?“, sagte der Mann, als er die Freundinnen erreicht hatte, um dann in ein perfektes Deutsch zu wechseln: „Was machst du hier?“
Endlich erwachte Alma aus ihrer Starre. „Freut mich auch, dich zu sehen, immerhin sind es … wie viel? Fast 25 Jahre?“, begann sie draufloszuplappern und noch

bevor er antworten konnte, setzte sie hinzu: „Mir geht es gut, danke der Nachfrage, und dir?“
Er lächelte und kratzte sich verlegen hinter dem Ohr. „Gut, danke … ich bin nur so überrascht, dich hier zu sehen“, sagte er schließlich.
„Ja, das glaube ich dir“, entgegnete Alma, ein wenig giftiger als beabsichtigt.
In dem Moment gab Maribel ein deutlich vernehmbares Räuspern von sich.
„Ach ja“, sagte Alma, dankbar für die Ablenkung. „Darf ich vorstellen: Maribel, Rocío – Isidro.”
„Das ist Isidro?”, rutschte es Maribel heraus und sie erntete dafür von Alma einen strafenden Blick. „Encantada“, sehr erfreut, fügte Maribel schnell hinzu und ließ sich von Isidro links und rechts auf die Wange küssen.
„Sollen wir uns was zu trinken holen?“, fragte der nach einer kurzen verlegenen Pause und deutete in Richtung Varadero.
„Ich nehme ein Gin Tonic“, erwiderte Alma, machte aber keine Anstalten, ihn zu begleiten.
„Na los …“, flüsterte Maribel und gab Alma einen leichten Schubs. Widerwillig folgte sie Isidro.
„Ich freue mich wirklich, dich zu sehen“, sagte Isidro, nachdem Alma zu ihm aufgeschlossen hatte.
„Jetzt, wo du den ersten Schock überwunden hast, meinst du“, ergänzte sie.
Isidro beschloss, diese Bemerkung zu überhören und fuhr fort: „Du hast dich so verändert. Und dann auch wieder nicht“, setzte er hinzu, nachdem er sie einen Augenblick lang von der Seite betrachtet hatte.
„Du siehst auch immer noch gut aus“, kam es aus Almas Mund, noch bevor sie es verhindern konnte. „Ich meine du siehst aus wie früher, zumindest irgendwie … also … oh

Gott …", sie merkte, wie ihr heiß wurde und sie errötete. Isidro lachte leise. „Ich weiß auch nicht so richtig, was ich sagen soll", murmelte er.
„Wie wäre es mit einer Entschuldigung?", fragte Alma, plötzlich wütend.
„Ja, natürlich, gerne", entgegnete Isidro. „Und wofür genau?"
Für einen Augenblick war Alma sprachlos. Ein winziges Lächeln erschien um seine Mundwinkel. Alma hätte ihn am liebsten geohrfeigt. Gerade als Isidro zum Sprechen ansetzen wollte, sagte sie: „Weißt du was? Ich freue mich überhaupt nicht, dich zu sehen. Es wäre mir lieber gewesen, wir wären uns nie wieder begegnet. Niemals." Damit ließ sie ihn stehen und ging zurück zu Maribel und Rocío, denen sich in der Zwischenzeit offenbar noch weitere Freundinnen angeschlossen hatten. Doch Alma hatte genug für einen Abend. Sie verabschiedete sich von ihrer Freundin und versprach, am nächsten Wochenende wieder mit ihr auszugehen. Bis dahin würde ihr sicher eine gute Ausrede einfallen, dachte Alma bei sich. Gerade als sie gehen wollte, legte sich eine Hand leicht auf ihren Arm. Es war Isidro.
„Ich würde dir gerne meine Nummer geben", sagte er.
„Ich werde dich nicht anrufen", entgegnete Alma. Wieder dieses verlegene Lächeln.
„Trotzdem. Bitte."
Alma zögerte noch einen Augenblick, dann holte sie ihr Handy aus der Handtasche und begann, darauf herumzutippen, während Isidro seine Telefonnummer ansagte.
„Willst du mir auch deine geben?", fragte er schließlich.
„Nein", antwortete Alma knapp, drehte sich um und begann, sich einen Weg durch die Menschenmenge zu bahnen.

Blindlings stolperte Alma den Weg zurück zu ihrem Haus. Im Nachhinein wunderte sie sich darüber, dass sie es tatsächlich bis in die Calle San Primitivo geschafft hatte und nicht irgendwo am anderen Ende von Sevilla gelandet war. Sie war völlig durcheinander. Die letzten zweieinhalb Jahrzehnte hatte sie sich die größte Mühe gegeben, Isidro zu vergessen und irgendwie schien ihr das zuletzt auch gelungen zu sein, denn er war buchstäblich aus ihrem Gedächtnis und ihren Gedanken verschwunden. Bis jetzt.

Vor ihrer Wohnungstüre angelangt, versuchte sie erfolglos den ihrer Meinung nach passenden Schlüssel ins Schloss zu stecken. Doch das hinterhältige Ding glitt ihr durch die Finger und fiel mit lautem Klirren auf den Steinboden.

„Na toll“, murmelte Alma, „Alkotest nicht bestanden.“ Rasch hob sie den Schlüssel wieder auf und versuchte es erneut. In dem Moment wurde die Wohnungstüre von innen geöffnet und Mike stand vor ihr.

„Oh, du bist schon wieder zuhause?“, fragte Alma ehrlich erstaunt.

„Ja, war heute irgendwie lahm“, erwiderte Mike und trat beiseite, um Alma reinzulassen.

„Ach“, machte sie, wollte ihm seine Erklärung allerdings nicht ganz abkaufen.

„Ich hab mir gerade noch ein Bier aufgemacht. Willst du vielleicht auch noch einen Drink oder so?“, fragte Mike und gab sich Mühe, möglichst beiläufig zu klingen. Und gerade als Alma den Mund aufmachen wollte, um „Nein“ zu sagen, hörte sie sich „Ja, gerne!“ sagen.

Mit einem strahlenden Lächeln verschwand Mike in die Küche.

„Hast du Gin Tonic?“, rief Alma ihm hinterher.
„Klar!“, kam es aus der Küche.
Einen Augenblick später stand Mike wieder vor ihr und überreichte Alma ihr Getränk. Mit seinem Bier in der einen Hand und einem Päckchen Ducados in der anderen Hand, sagte er: „Komm, ich will dir was zeigen.“
Wortlos folgte Alma ihm zur Wohnungstür hinaus und die Treppen hinauf Richtung Dach. Er öffnete eine leicht angerostete Metalltüre und trat ins Freie.
„Das hier ist die Azotea“, erklärte er und Alma widerstand dem Drang, ihn zu korrigieren, schließlich hieß es Azotea, mit einem stimmhaften „s“, und nicht Azotea mit „ts“.
Stattdessen ging sie zum Ende der Dachterrasse, lehnte sich an die Brüstung und blickte hinab auf die Straße. Auf der Ronda de Capuchinos, die an dieser Stelle eigentlich schon Calle Recaredo hieß, brausten die Autos und Busse dahin, während die Calle San Primitivo völlig ausgestorben war.
„Eine geile Stadt, nicht?“, hörte sie Mike leise sagen, der auf einmal ganz nahe hinter ihr stand.
Da musste sie ihm zustimmen, obwohl sie vielleicht nicht das Wort „geil“ benutzt hätte, eher „schön, toll, faszinierend“ ... und hässlich zugleich. Mit einem Mal merkte sie, wie zwiespältig ihre Gefühle in Bezug auf diese Stadt waren. Jemand wie Mike, der nur ein paar Wochen zu Besuch kam und dann wieder nachhause fuhr, würde natürlich nur die angenehmen Seiten von Sevilla sehen. Die wunderschönen Straßen und Häuser, die freundlichen Menschen, diese Lebenslust, die ansteckend wirkte. Aber manches davon war eben nur Fassade, eine schöne, scheinheilige Oberfläche. Sie selbst wusste, wie einsam man hier sein konnte.

Plötzlich spürte sie Mikes Atem an ihrem Haar. Er war jetzt so dicht hinter ihr, dass sie seinen Körper an ihrem fühlen konnte, ohne dass sie einander berührten. Sie schloss die Augen. Seine Lippen strichen über ihre Haare, während seine Hände sich auf ihre Hüfte legten. Als sie nach oben wanderten, bewegte sich ihr Kleid ebenfalls ein Stück weit nach oben. In dem Moment drückte er sich von hinten an sie und umschlang ihren Körper mit seinen kräftigen Armen.
Alma wusste, dass es jetzt kein Zurück mehr gab. Sie drehte sich langsam in seiner Umarmung, bis sie ihm ins Gesicht blickte. Nur für einen Moment. Dann schloss sie wieder ihre Augen und überließ sich seinen Küssen.

8

Als Alma am nächsten Tag erwachte, war es später Vormittag. Sie brauchte zuerst einen Moment, um sich zu orientieren. Kein Zweifel, sie lag in einem Bett, aber die Wände um sie herum waren weiß anstatt blau, also war es nicht ihr Bett. Ein leises Schnarchen ertönte in ihrem Nacken und als sie den Kopf wandte, erkannte sie Mike, der selig vor sich hinschlummerte.
Leise stieg Alma aus dem Bett, schnappte sich ihr Kleid – ihren Slip konnte sie nirgendwo entdecken – und schlich hinüber in ihr eigenes Zimmer. Innerlich schalt sie sich für die vergangene Nacht, auch wenn diese zu durchaus befriedigenden Ergebnissen geführt hatte. Mike war vermutlich zehn oder sogar fünfzehn Jahre jünger als sie und so, wie er sie angeblickt hatte, erhoffte er sich von der ganzen Sache offensichtlich mehr als sie.
Alma setzte sich an den Schreibtisch und kramte ihr Notizbuch hervor, das sie in den letzten Tagen sträflich vernachlässigt hatte. Eigentlich wusste sie, worüber sie schreiben wollte: über ihre Schulzeit. Doch kaum nahm sie den Stift in die Hand, um ihre Erinnerungen aufzuschreiben, gab es nur eines, woran sie denken konnte: Isidro. Vor ihrem inneren Auge begann der vergangene Abend noch einmal abzulaufen, sie sah ihn wieder vor sich mit seinen kurzgeschnittenen, dunkelbraunen Haaren, von denen sie genau wusste, wie sie sich anfühlten, den grünen Augen, der Nase, die so aussah, als wäre sie einmal gebrochen gewesen. Die Art, wie er sich auf sie zubewegte, sein Lächeln – dieses Lächeln … Plötzlich riss ein zaghaftes Klopfen an der Tür sie aus ihren Gedanken. Alma erstarrte für einen Augenblick. Sollte sie aufmachen? Sie wusste ja, wer vor der Tür stand.

So zu tun, als wäre sie nicht da, wäre wiederum nicht besonders nett. Also stand sie auf und öffnete die Türe einen Spalt breit.
„Möchtest du Kaffee?“, fragte Mike und hielt ihr eine Tasse dampfenden Kaffee vor die Nase.
„Danke. Wie nett von dir.“ Alma nahm ihm die Tasse ab. Und machte dem verdatterten Mike die Tür vor der Nase zu.
Zurück an ihrem Schreibtisch nahm sie erst einmal einen kräftigen Schluck. Das half. Sie schloss für einen Moment die Augen. Es war wieder Anfang Oktober. Der September war noch heiß und trocken gewesen und man hätte meinen können, die Hitze würde nie ein Ende nehmen. Doch plötzlich, als hätte jemand auf den Knopf für „Herbstwetter“ gedrückt, färbte sich der Himmel dunkelgrau, der Wind frischte auf und es begann zu regnen. Auch wenn der heiß ersehnte Regen nur wenige Tage anhielt, war das Wetter danach ein anderes. Der Sommer war vorüber. Und für Alma war es an der Zeit, in die Schule zurückzukehren.

¡Triana, Triana! ¡Qué bonita está Triana!
(Sevillanas)

Triana, Triana! Wie schön ist Triana!
(Sevillanas)

9

Wie sie in Triana gelandet waren, wusste Alma nicht mehr so genau. Aber in ihrer Erinnerung war da dieses Haus in der Calle Rodrigo de Triana. Es war ein besonderes Haus in einer besonderen Straße: Die Fassade mit den unzähligen handgearbeiteten Fliesen war nämlich von demselben Architekten entworfen worden wie die Plaza España. Und die war immerhin für die Weltausstellung 1929 erbaut worden. Die Straße selbst war nach jenem Mann benannt, der Amerika buchstäblich entdeckt hatte: Rodrigo de Triana war derjenige gewesen, der auf Kolumbus' Schiff im Korb gesessen und „Land in Sicht!" gerufen hatte. Zumindest stellte die fünfzehnjährige Alma sich das so vor, als sie in die kleine Wohnung im zweiten Stock der Wohnung im Haus Nummer 11 ebenjener Straße zogen. Elisabeth, Marie und sie selbst. Wo Wolf abgeblieben war, daran konnte sie sich beim besten Willen nicht mehr erinnern. Er kam in diesem Teil ihrer Erinnerung schlichtweg nicht vor.
Der Legende nach war Triana von der Göttin Astarté gegründet worden, die sich auf ihrer Flucht vor den amourösen Avancen des Stadtgründers Herkules versteckt hatte. Eine Geschichte, die Alma irgendwie passend erschien.
Die Mieten in Triana waren jedenfalls lächerlich billig. Vermutlich war das auch der wahre Grund, warum Elisabeths Wahl auf dieses damals nicht allzu beliebte Stadtviertel gefallen war. Mit den wenigen Stunden, die Elisabeth bei den Prinzessinnen unterrichtete, konnte sie sich die Miete für die kleine Wohnung locker leisten. Triana lag auf der westlichen Seite des Flusses Guadalquivir. Um dorthin zu gelangen, musste man die Puente

de Triana überqueren, die eigentlich Puente Isabel II hieß und die kein Geringerer als Eiffel entworfen haben soll. Zumindest wurde das von den Sevillanern gerne behauptet. In früherer Zeit war Triana das Viertel der Seefahrer, Arbeiter und Keramiker gewesen. Aber auch viele Gitanos hatten hier ihr Zuhause gefunden – bis sie unter Franco erbarmungslos vertrieben wurden und unter anderem in den berüchtigten Tres Mil Viviendas im Polígono Sur unterkamen. Zurück blieben große Namen von Flamencosängern, -tänzern und Stierkämpfern und eine einzigartige Aura.
Triana beherbergte nicht weniger als sechs Bruderschaften, was dazu führte, dass während der Semana Santa zu Ostern ein besonders hohes Aufkommen an Pasos, also Umzügen, herrschte. Die ganze Osterwoche über musste man höllisch aufpassen, dass man nicht plötzlich in einer undurchdringlichen Menschenmenge stecken blieb, in der man nicht vor und nicht zurück, sondern nur darauf warten konnte, bis die entsprechenden Heiligen vorbeigetragen worden waren.
Alma erinnerte sich gut an einen Abend, an dem sie mit Elisabeth und Marie auf dem Rückweg von einem kleinen Spaziergang war und auf den Umzug von San Bernardo stieß. Es dauerte eine Ewigkeit, bis endlich alle weit über zweitausend Büßer mit ihren unheimlichen Kutten, der Gekreuzigte und die Mutter des Gekreuzigten vorbei waren und Alma endlich todmüde in ihr Bett in der Calle Rodrigo de Triana fallen konnte. Zumindest Marie hatte seelenruhig in ihrem Kinderwagen geschlummert, ohne sich von der lautstarken Musik der Banda wecken zu lassen. Doch Alma hatte auch durchaus schöne Erinnerungen an die Semana Santa: In der Nacht von Gründonnerstag auf Karfreitag, der Madrugada, blieb Marie

zuhause unter der Aufsicht einer Nachbarin und Elisabeth und Alma postierten sich in der Calle Pureza, wo Nuestra Señora de la Esperanza de Triana auf ihrem Weg zur Kathedrale vorbeikommen würde. Die „Hoffnung von Triana“ lieferte sich mit Nuestra Señora de la Macarena aus einem Viertel am anderen Ende der Stadt einen ewigen Wettstreit um den Titel der beliebtesten Marienstatue. Dementsprechend gut besucht waren die Umzüge der beiden Vírgenes. Man saß oder stand in den Straßen, aß und trank und unterhielt sich angeregt. Gegen zwei Uhr früh ertönte endlich die schaurige Musik der Banda. Unzählige Trompeten, Hörner, Flöten und Klarinetten, begleitet vom Rhythmus der Trommeln schallten durch die kleine Calle Pureza, deren Ränder von den wartenden Menschen gesäumt waren. Dann kamen die Büßer mit ihren brennenden Kerzen und bahnten sich gemessenen Schrittes ihren Weg. An die tausend Nazarenos mussten sie bereits passiert haben, als schließlich die Statue des Cristo de las Tres Caídas vorbei getragen wurde. Man hatte sie auf ein vier mal acht Meter großes Podest montiert, umgeben von einem Meer roter Nelken. Unter dem Podest befanden sich an die vierzig Costaleros, welche die mehrere Tonnen schwere Konstruktion tragen mussten. Alma hatte die Vorstellung nie besonders reizvoll gefunden, in der Hitze und Dunkelheit ein tonnenschweres Gewicht über mehrere Kilometer tragen zu müssen. Tatsächlich aber war es eine große Ehre, Costalero sein zu dürfen.

Immer wieder stoppte der Umzug, damit sich die jungen Männer erholen konnten oder aber auch damit ein Sänger von einem der Balkone an der Straße der oder dem Heiligen ein Loblied singen konnte, eine Saeta.

Die Jesus-Statue zog an ihnen vorüber, weitere Büßer

folgten ihm. Und dann war es endlich so weit. Die Menschenmenge verstummte schlagartig, als die Esperanza de Triana um die Ecke bog. Alle Augen richteten sich auf sie, die Menschen um Alma herum bekreuzigten sich, streckten die Hände nach dem Paso, der Heiligenszene, aus und manch einem kullerten Tränen über die Wangen. Die Ergriffenheit wirkte ansteckend und plötzlich spürte auch Alma einen Kloß in ihrem Hals. Es war ein schaurig schönes Schauspiel, das sich ihr hier darbot und das man nur verstehen oder zumindest mitfühlen konnte, wenn man es mit eigenen Augen gesehen hatte. Selbst jetzt noch, so lange Zeit später, bekam Alma eine Gänsehaut, wenn sie an jenen Moment zurückdachte.
Eine Ewigkeit später, als alle Heiligen mitsamt ihren Büßern vorbei waren, kam die Menge wieder in Bewegung und Elisabeth und Alma beschlossen, sich noch ein Stück weit mittreiben zu lassen. Es war noch immer stockfinster, obwohl es bereits gegen vier Uhr früh ging. An der Plaza Altozano, neben dem Fluss, befand sich eine kleine Bar, die scheinbar die ganze Nacht offen hatte. Dort kehrten jetzt viele Menschen ein und Elisabeth und Alma beschlossen, es ihnen gleichzutun. An allen Tischen wurden Churros mit Chocolate bestellt und Elisabeth holte für sich und ihre Tochter ebenfalls die in heißem Fett gebackenen Teigschlangen mit Schokoladensauce. Und obwohl Alma todmüde war, fühlte sie sich in jenem Moment glücklich.

Alma sah auf die Uhr. Eine Ewigkeit schien vergangen zu sein und sie hatte ihre Gedanken noch nicht einmal in die Nähe des Themas gelenkt, über das sie eigentlich hatte schreiben wollen. Draußen wurde es immer heller, aber es war immer noch ungewöhnlich ruhig auf den

Straßen. Sonntag war also noch immer der Tag, an dem die Stadt gemächlich vor sich hinzuschlummern schien. Plötzlich zog es Alma nach draußen. Sie hatte die Sonntage immer gerne gemocht. Denn selbst wenn man sich in eine der belebteren Ecken, wie etwa den Tiermarkt, begeben hatte – am Nachmittag kehrte auch dort Ruhe ein.

Leise und vorsichtig schlich sie ins Badezimmer. Keine Spur von Mike. Vermutlich hatte er sich noch einmal aufs Ohr gelegt. Kein Wunder, viel Schlaf hatten sie letzte Nacht nicht bekommen. Aber sie selbst fühlte sich viel zu aufgekratzt, um jetzt ins Bett zurückzukehren. Also nahm sie eine kalte Dusche, zog Shorts und ein bequemes T-Shirt an und verließ die Wohnung.

Die Hitze umarmte sie wie eine alte Bekannte. Bald stand Alma der Schweiß auf der Stirn, obwohl sie achtgab, im Schatten zu bleiben. In den Einkaufsstraßen Cuna, Sierpes und Tetuán hatte man vorsorglich große Segel aufgespannt, um vor allem die Touristen vor der unbarmherzigen Sonne zu schützen.

Bald bog Alma in die Calle Reyes Católicos ein. Und dann war sie da, ihre geliebte Brücke. Sie hielt einen Moment lang, um auf die andere Seite des Flusses zu blicken. Oberhalb der Kaimauer, entlang der Calle Betis, drängten sich kleine bunte Häuser aneinander. Alma liebte diesen Anblick. Sie überquerte die Brücke. Unter ihr tummelten sich Ruderer, deren breite, schweißbedeckte Rücken im harten Tageslicht glänzten. An der Stelle, wo die Brücke in die Plaza Altozano überging, befand sich eine kleine Kapelle, die Capilla del Carmen. Gleich dahinter lagen die Reste des Castillo San Jorge. Im Mittelalter war es Gefängnis und Hauptquartier der spanischen Inquisition gewesen. Allein der Gedanke an das Grauen, das sich hier abgespielt haben mochte, ließ Alma erschaudern. Sie ließ die Plaza Altozano und San Jorge hinter sich und folgte der Calle San Jacinto. Hier hatte sich doch so einiges verändert. Viele der alten Geschäfte waren verschwunden und die ehemals stark befahrene San Jacinto war beruhigt worden. Ohne Zweifel hatte man versucht, das Viertel zu erneuern und aufzuwerten, aber Alma konnte sich des Gefühls nicht erwehren, dass Triana etwas von seinem ursprünglichen Charme verloren hatte.

Dann stand sie endlich vor ihrer alten Schule: Instituto Triana II. Sie starrte durch das schmiedeeiserne Tor in den Schulhof, der jetzt völlig ruhig dalag. Vor ihrem inneren Auge sah sie ein rothaariges Mädchen, das sich an seinem ersten Schultag seinen Weg durch die schnatternde Menge bahnte, gefolgt von unzähligen Augenpaaren, die es anstarrten wie ein Wesen von einem anderen Stern. Am Ende des Schulhofes, vor der Türe zum Klassenraum 4° ESO, blieb sie stehen. Die anderen Jungen und Mädchen hielten einen Sicherheitsabstand von einigen Metern und lugten nur ab und an zu der Rothaarigen hinüber. Plötzlich löste sich eine Schülerin aus der Menge und kam auf Alma zu. „Hola, soy Maribel. ¿Y tú?“, hatte sie gefragt und ihr zwei Küsschen auf die Wangen gedrückt. Von dem Moment an waren sie Freundinnen gewesen.

Nachdem die anderen Kinder ihre anfängliche Scheu abgelegt hatten, waren auch sie im Großen und Ganzen freundlich zu Alma. Nur die Sprachbarriere stand ihnen ab und an noch im Weg.

Alma erinnerte sich an Señorita Carmen, ihren Klassenvorstand, die am ersten Schultag deutliche Schwierigkeiten gehabt hatte, ihren Namen korrekt zu notieren.

Alma Schneider. Eigentlich kein allzu ungewöhnlicher Name – zumindest nicht in ihrer alten Heimat. Aber wie schon die meisten anderen fragte auch Señorita Carmen irritiert: „Alma ¿cómo ‚el alma'?"
Alma wusste nicht, dass ihr Name auf Spanisch „Seele" bedeutete, also antwortete sie sicherheitshalber „Sí" und nickte bestätigend. Annähernd dasselbe wiederholte sich in jedem anderen Unterrichtsfach, bei jedem anderen Lehrer – von ihrem Nachnamen gar nicht zu reden, denn den Laut „sch" gab es im Spanischen überhaupt nicht. So wurde aus Schneider eben „Esnaider". Alma fand sich irgendwann damit ab.
Nun dachte sie an Señorita Miriam, ihre Englischlehrerin, die nicht einmal annähernd so gut Englisch sprach wie die fünfzehnjährige Alma, und an die ehrwürdige Doña Margarita, ihre Zeichenlehrerin, die Almas Künste immer über den grünen Klee lobte, nur um sie ein wenig aufzumuntern. Sie dachte an Señor Peñate, den alten Mathematiklehrer, der es sich nicht nehmen lassen wollte, während des Unterrichts durch die weit geöffneten Türen hinauszurauchen, bis ihre Mitschüler dasselbe Recht für sich proklamierten und auch im Unterricht rauchen wollten.
Alma hatte das Schulgebäude immer gerne gemocht: In der Mitte befanden sich die Sportplätze und rundherum reihten sich die Klassenzimmer aneinander. Dazwischen gab es eine Cafetería, in der die Schüler sich in der großen Pause für wenige Peseten ein Bocadillo, also ein Jausenbrot, oder etwas Süßes wie eine Schokoladen-Palmera kaufen konnten. Dann standen sie herum, aßen ihre Jause, schwatzten und lachten zusammen. Bei dem Gedanken wurde es Alma schwer ums Herz. Schließlich wusste sie, was danach gekommen war und daran

wollte sie sich lieber nicht erinnern. Wozu auch? Es war vergangen. Sie hatte hier im Grunde genommen nichts mehr verloren. Das war ihr in den letzten Tagen klar geworden. Was einmal gewesen, war vorbei und vielleicht war es auch besser so. Deshalb hatte sie auch einen Entschluss gefasst ...

Plötzlich meldete sich ihr Handy. Es war Maribel.

„Die Schule ist am Sonntag geschlossen", ertönte die Stimme ihrer Freundin am anderen Ende der Leitung.

„Woher weißt du ...?", fragte Alma verdutzt.

„Schau mal nach oben", befahl Maribel.

Alma hob den Kopf und suchte mit den Augen die umliegenden Gebäude ab, bis sie auf einem Balkon eine winkende Gestalt entdeckte. Es war Maribel. Alma winkte zurück.

„Warte, ich komm runter", sagte ihre Freundin und legte auf.

Wenige Augenblicke später kam Maribel lachend auf sie zu.

„Ich habe ganz vergessen, dass du hier gewohnt hast", lächelte Alma zurück.

„Und meine Eltern wohnen immer noch hier", erklärte Maribel. „Schau mal, was ich habe", sagte sie und hielt eine Tüte mit Pipas hoch. In dem Moment erinnerte sich Alma, dass sie oft zusammen mit den anderen Kindern im Innenhof der Wohnanlage gesessen und dort eben diese Sonnenblumenkerne geknabbert hatten.

„¡Venga!", sagte Maribel und machte eine auffordernde Kopfbewegung. Einen Moment später saßen sie auf der Bank im Innenhof und knackten Pipas.

„Was ist los?", fragte Maribel, nachdem sie das Gesicht ihrer Freundin gründlich studiert hatte.

„Ich denke, ich fahre wieder nachhause", meinte Alma.

„Du meinst, nachhause in die Calle San Primitivo oder nachhause nachhause?“
„Nachhause nachhause.“
„Warum?“, fragte Maribel entgeistert.
„Es fühlt sich nicht richtig an … es war eine dumme Idee … ich weiß nicht …“ Alma merkte, dass sie wirres Zeug murmelte. Aber sie konnte ihre Gefühle einfach nicht besser ausdrücken. Im Grunde genommen fühlte sie sich durcheinander und hoffnungslos überfordert.
„Ich muss zurück in mein geordnetes Leben, denke ich“, setzte sie noch hinzu.
Ihren Worten folgte ein langes Schweigen.
„Vale“, sagte Maribel schließlich leise und rang sich ein Lächeln ab. „Wann?“
„Gleich morgen, wahrscheinlich. Ich werde jetzt zurückgehen und meinen Flug umbuchen“, antwortete Alma.
Plötzlich umarmte Maribel ihre Freundin und drückte sie fest an sich. „Ayyyy …“
Alma konnte sich nur mit Mühe davon abhalten loszuheulen.
„Hätte ich irgendetwas tun können, damit das hier besser klappt, ich meine, damit du dich wohler fühlst?“, fragte Maribel.
„Nein, Gott, niemand hätte irgendwas besser machen können, es ist, wie es ist. Man kann die Zeit nicht zurückdrehen und man kann die Vergangenheit nicht ändern.“
„Na schön“, sagte Maribel und stand von der Bank auf. „Ich begleite dich noch ein Stück.“
Die beiden Frauen verließen die Wohnanlage und spazierten die Calle San Jacinto zurück Richtung Brücke. Auf der Plaza Altozano hielt Maribel, umarmte ihre alte Freundin noch einmal fest und sagte: „Melde dich in

den nächsten Tagen, ich will wissen, dass du gut zurückgekommen bist."
„In Ordnung", entgegnete Alma. „Grüß Sergio und die Kinder von mir."
Dann wandte sie sich um und folgte ihrem Weg über die Brücke. Der Kloß in ihrem Hals wurde immer größer. Sie würde in die Calle San Primitivo gehen, ihren Flug umbuchen und dieser bizarren Episode ein Ende setzen. Ihr Leben in Wien war ja nicht schlecht. Normal. Arbeiten, schlafen, arbeiten, Urlaub. Normal eben. Sie musste sich nur mit dem Gedanken abfinden, dass das Leben eben nicht viel mehr zu bieten hatte. Worüber beschwerte sie sich überhaupt? Sie hatte einen verantwortungsvollen, gut bezahlten Job, eine tolle Wohnung, sie konnte sich schicke Anziehsachen und tolle Reisen leisten. Und das war mehr, als die meisten anderen Menschen von sich behaupten konnten. Gut, sie war in letzter Zeit etwas ausgelaugt und gereizt gewesen. Vielleicht musste sie einfach ein wenig kürzer treten.
Gedankenversunken setzte Alma einen Fuß vor den anderen. Bis sie plötzlich auf der Plaza Alfalfa stand. Eigentlich hätten um diese Zeit die letzten Händler ihre Käfige einpacken und die Straßenkehrer die Spuren des Tiermarktes beseitigen müssen. Aber ganz offensichtlich gab es hier keinen Tiermarkt mehr. Stattdessen gab es einen kleinen Spielplatz, auf dem gerade ein paar Kinder in ihren hübschen Sonntagskleidern herumturnten.
Alma hielt den Atem an. Langsam, ganz langsam drehte sie sich um in Richtung Hausnummer 11, dahin, wo einmal das Café Vienés gewesen war. Mit einem Stoß atmete sie aus, so dass es sich anhörte wie ein stummer Seufzer. Es war weg. Nicht für eine Sekunde war Alma der Gedanke gekommen, die Bar, die ihr Vater vor über

zwanzig Jahren eröffnet hatte, könnte nicht mehr existieren. Doch so war es. Stattdessen befand sich an der Stelle nun ein pseudomoderner Laden für Frozen Yogurt. Alma schüttelte sich angewidert. Da fiel ihr auf, dass auch die meisten anderen Bars nicht mehr da waren. El Horno, eine Bäckerei an der Ecke, die sie besonders gerngehabt hatte, war geschlossen. An der anderen Ecke war in Almas Erinnerung eine etwas heruntergekommene Bar mit dem wenig einfallsreichen Namen „Alfalfa" gewesen. Auch sie schien die Zeit nicht überdauert zu haben. Lediglich das Gran Fernando war noch da. Damals hatte es der alte „Fernando" gemeinsam mit seinen drei stattlichen Söhnen geführt. Fernando war ein freundlicher kleiner Mann gewesen, der stets hilfsbereit war, auch wenn ihm Wolfs neues Café ordentlich Konkurrenz machte.

Wie ferngesteuert hatte Alma ihr Handy aus der Tasche geholt. Sie hielt es noch einen Augenblick lang unschlüssig in der Hand. Dann rief sie die Nummer auf.

„¿Sí?", meldete sich am anderen Ende Isidros Stimme.

„Es ist nicht mehr da."

„Ja … nein … ich … soll ich so tun, als wüsste ich, was du meinst oder hilfst du mir auf die Sprünge?"

„Das Café. Es ist nicht mehr da", erklärte Alma etwas ungeduldig.

„Oh. Ja. Ich dachte, das wüsstest du."

„Nein. Ich wusste es nicht."

Ein kurzes, ratloses Schweigen.

„Bist du da, auf der Alfalfa?", erkundigte sich Isidro.

„Ja, ich war spazieren und …", wollte Alma erklären.

„Warte dort. Ich komme hin."

Und noch ehe sie widersprechen konnte, hatte Isidro aufgelegt. Etwas widerwillig näherte sie sich dem Frozen-

Yogurt-Laden und nahm an einem der Tische auf der Terrasse Platz. Nach einer Weile kam ein Kellner angetrabt und Alma bestellte einen kleinen Becher Frozen Yogurt und einen Café americano, auch wenn ein weiterer Kaffee in ihrem Zustand vermutlich keine besonders gute Idee war. Ihr Atem ging ohnehin schon zu schnell und sie hatte das Gefühl, gleich einen hysterischen Anfall zu bekommen. Tausende Erinnerungen drohten über sie hereinzubrechen und sie schloss für einen Moment die Augen, um sich nur auf ihre Atmung zu konzentrieren. Einatmen, langsam ausatmen. Einatmen, langsam ausatmen. Als sie die Augen wieder öffnete, sah sie Isidro, der mit ernstem Gesicht direkt auf sie zusteuerte. Er war frisch rasiert, trug ein Poloshirt zu dunklen Jeans und Ledersandalen. Bei Alma angelangt, küsste er sie links und rechts auf die Wange und ein Hauch von Aftershave stieg ihr in die Nase. Er wirkte nicht befangen oder nervös, sondern völlig natürlich und Alma musste ehrlicherweise zugeben, dass sie ihn um seine Selbstsicherheit beneidete.

„Frozen Yogurt, hm?“, fragte er, während er ihr gegenüber Platz nahm, um dann in perfektem Deutsch fortzufahren. „Ich denke, die sind letztes Jahr hier eingezogen. Davor ist es einige Zeit leer gestanden. Wie kommt es, dass du nichts davon gewusst hast …?“

„Ich hatte seit Ewigkeiten keinen Kontakt mehr zu meinem Vater“, begann Alma, als der Kellner kam, um Isidros Bestellung aufzunehmen.

„Noch so etwas“, sagte er und deutete auf Almas Becher.

„Wir waren dort und er war hier“, erklärte sie vage, „wir haben uns noch ein paar Mal gesehen und dann, vor zwei Jahren, haben wir die Nachricht erhalten, dass er gestorben ist. Meine Mutter hat sich um alles

gekümmert … aber irgendwie war ich sicher, dass jemand das Café weiterführt … ehrlich gesagt, ich habe auch nicht wirklich so genau darüber nachgedacht … bis jetzt …"
Isidro betrachtete sie einen Moment lang. „Ich weiß nicht, was ich sagen soll. Es ist so lange her und ich habe keine Ahnung, wo du in der Zwischenzeit warst oder was du gemacht hast …"
„Natürlich nicht", erwiderte Alma, ihre Stimme plötzlich schroff.
„Wie wäre es, wenn wir uns in den nächsten Tagen treffen und du erzählst mir alles?"
„Ich fürchte, das wird nicht möglich sein", entgegnete sie.
„Alma. Ich möchte es wissen. Es ist nur …", versuchte Isidro zu erklären.
„Ich reise morgen ab."
„Was? Schon morgen?"
„Ja, ich habe genug von meinem Trip in die Vergangenheit."
„Aber …"
Alma winkte dem Kellner.
„Du hast dein Frozen Yogurt nicht gegessen", versuchte er es noch einmal.
„Du auch nicht", entgegnete Alma.
„Ehrlich gesagt, ich kann Frozen Yogurt nicht ausstehen", gestand Isidro.
Alma musste lächeln und Isidro legte ihr für einen Moment die Hand auf den Arm. „Flieg noch nicht zurück. Du bist hier noch nicht fertig …"
„Bist du jetzt Experte für Vergangenheitsbewältigung?", fauchte Alma.
„Nein. Aber es ist offensichtlich."
Alma stocherte in ihrem Becher herum.

„Gib mir noch eine Chance, bitte, Alma. Ich muss jetzt zu einem … Termin, aber lass uns morgen weiterreden. Ich schreibe dir heute Abend, wo wir uns treffen."
„Ich denke nicht", entgegnete Alma, aber sie merkte selbst, dass sie sich wenig überzeugend anhörte.
„Was hast du denn zu verlieren? Ob du morgen abreist oder in ein paar Tagen …"
Natürlich hatte Isidro recht, aber das wollte sie nicht zugeben. Tatsächlich war da niemand, der sie in Österreich erwartete.
„Schreib mir heute Abend", sagte Alma, während sie sich zum Gehen wandte, „und dann werden wir sehen."
Ohne Isidro eines weiteren Blickes zu würdigen, verließ sie die Plaza.

10

Zurück in ihrem Zimmer in der Calle San Primitivo wählte Alma die Servicehotline von Iberia. Die freundliche Dame am anderen Ende der Leitung erklärte ihr, dass sie sehr gerne den Flug umbuchen könne, nur nicht auf den nächsten Tag, sondern frühestens auf den übernächsten Tag, also Dienstag. Anna zögerte noch einen Moment lang, dann stimmte sie zu und ihr Rückflug wurde umgebucht. Den restlichen Tag verbrachte sie damit, all ihre Habseligkeiten feinsäuberlich in den Koffer zu schlichten. Gegen 22 Uhr, als sie sich gerade ins Bett legen wollte, schließlich war sie todmüde, gab ihr Handy ein leises „Ping" von sich. Die Nachricht lautete: „Restaurante Las Sabinas in der Calle Niebla, Los Remedios, morgen um 21 Uhr, ¿te parece? Un abrazo." ¿Te parece? Wie sie das fand? Los Remedios? Das war ein ziemlich schickes Viertel. Aber Alma fühlte sich schlichtweg zu schwach, um sich weiter darüber zu wundern. Sie würde morgen mit Isidro essen gehen und am nächsten Tag nachhause fliegen. Aus, Ende. Also schickte sie ein schlichtes „Daumenhoch" zurück und wenige Minuten später fiel sie in einen tiefen, traumlosen Schlaf.

Am nächsten Morgen läutete, dank Siri, um Punkt acht Uhr der Wecker. Eigentlich hatte Alma nicht vorgehabt, noch einmal in die Sprachschule zu gehen. Aber jetzt, wo sie schon einmal wach war und keine anderen Pläne hatte, als auf den Abend zu warten, beschloss sie, sich anzuziehen und noch einmal in die Calle Mateos Gago zu gehen.

Gerade als sie die Aula durchqueren wollte, ertönte hinter ihr ein lautes „Alma!", das sie zusammenfahren ließ. Ihr war klar, diese volltönende Stimme konnte nur zu

Melchora gehören. Die Ältere kam mit ernster Miene, als hätte Alma etwas Schlimmes angestellt, auf sie zu und sagte: „Mittwoch. Paloma kocht Paella bei uns zuhause. Ich gebe dir noch die Adresse."

„Mittwoch?", sie merkte, wie ihr der Schweiß auf die Stirn trat. „Ich weiß nicht …"

„Oh, aber das war keine Frage", entgegnete Melchora, drehte sich um und kehrte zurück in ihr Büro.

„Okay, gut, dass wir das geklärt haben", murmelte Alma und ging in ihren Kursraum. Mit der Gewissheit, dass dies ihr letzter Tag im Spanischkurs sein würde, war Alma zum ersten Mal entspannt und ohne ihre üblichen Hemmungen und siehe da, ihre Wortmeldungen waren so gut, dass sie am Ende sogar ein Lob von ihrer Lehrerin erhielt. Und als ihre Kurskameraden sie fragten, ob sie noch mitgehen wollte auf eine Tapa und ein Getränk, sagte Alma ausnahmsweise einmal nicht „Nein". So verging der Tag schnell und ehe sie es sich versah, war es Abend.

Sie hatte ewig gebraucht, um das passende Outfit zu finden, aber schließlich entschied sie sich für eine azurblaue Bluse und dazu eine weiße Leinenhose. Das war schick, aber in keiner Weise aufreizend. Also genau richtig für einen Abend in einem vermutlich eleganten Restaurant mit einem Mann, von dem sie definitiv nichts wollte. Definitiv. Nicht.

Um auch genug Zeit für den Weg zu haben, beschloss Alma, etwas früher loszugehen. Sie wollte unbedingt am Real Alcázar vorbeigehen und einen letzten Blick auf die Universität werfen. Von dort aus war es nur ein Katzensprung bis zum Fluss und wenn man die Brücke San Telmo überquerte, befand man sich bereits am Eingang zu Los Remedios.

In den Palmen, die den Park hinter den Königlichen Gärten säumten, saßen kleine grüne Papageien und zankten sich lautstark. Am Ende des Parks stieß man schon auf die Universität. Alma liebte dieses altehrwürdige Gebäude und sie fragte sich, wie es wohl sein musste, an so einem Ort zu studieren. Doch den Gedanken verscheuchte sie schnell wieder. Die Universität von Sevilla war in dem historischen Gebäude untergebracht, das im 18. Jahrhundert als Königliche Tabakfabrik errichtet worden war. Eben jene Tabacalera, in der die Geschichte der Fabrikarbeiterin Carmen und des tödlich eifersüchtigen Soldaten Don José spielte.
Da sie keine Eile hatte, bog Alma ab und schlenderte gemütlich durch die herrlichen alten Gänge und Innenhöfe der Universität. Hier und da standen noch ein paar Studenten herum, aber im Übrigen lag eine fast magische Ruhe über der gesamten Anlage.
Hinter der Universität stieß Alma auf das pompöse Hotel Alfonso XIII, das der König anlässlich der ersten Weltausstellung errichten hatte lassen. Daneben befand sich der Palacio San Telmo mit seiner markanten rotgelben Fassade, ein Barockpalast und mittlerweile Sitz der Landesregierung. Sie hielt einen Moment, um das Schild neben dem Palasteingang zu überfliegen. Offenbar war das Gebäude ursprünglich als Seminar gegründet worden, um verwaiste Kinder zu Seefahrern auszubilden. Daher auch der Name des Palastes: San Telmo – oder auch Saint Elmo – war der Schutzpatron der Seefahrer. Zum Palast wurde die Anlage erst Mitte des 19. Jahrhunderts, als San Telmo mitsamt seinen großzügigen Gärten an die Infantin María Luisa und deren Mann, den Herzog von Montpensier, veräußert worden war.

So interessant die Geschichte von San Telmo auch war, Alma merkte, dass sie dabei war, Zeit zu schinden. Der Minutenzeiger ihrer Uhr bewegte sich unaufhaltsam in Richtung zwölf und sie stand da und starrte über die Brücke von San Telmo in Richtung Plaza de Cuba. Dort drüben lag Los Remedios, eine Ecke, in die sie sich so gut wie nie verirrt hatte, da es das Wohnviertel der wohlhabenderen Sevillaner war.

Schließlich gab Alma sich einen Ruck und überquerte den Fluss. Von der Plaza de Cuba gingen fünf Straßen weg und Alma entschied sich für die mittlere. Sie wusste, sie hätte nur ihr Handy herausholen müssen und in Nullkommanichts hätte es sie dank Navi zum Restaurante Las Sabinas geführt. Aber wer weiß, vielleicht hatte sie ja Glück und verirrte sich dermaßen in den Straßen von Los Remedios, dass sie – leider! – nicht zu ihrer Verabredung gehen konnte. Wenige Minuten später stand sie aber doch vor dem Restaurant und es war Punkt neun Uhr.

„Mist“, murmelte Alma und starrte unschlüssig durch die Glastüre ins Innere. Plötzlich griff eine Hand an ihr vorbei auf den Türgriff.

„Mein Gott, ihr Österreicher seid so pünktlich“, lachte Isidros Stimme hinter ihr.

Sie drehte sich um. „Du musst reden, du bist halber Deutscher“, entgegnete sie.

„Stimmt. Sonst wäre ich frühestens in einer Viertelstunde hier gewesen. Wie alle echten Sevillaner.“ Isidro drückte ihr zwei Küsse links und rechts auf die Wangen und hielt sie einen Augenblick länger im Arm als notwendig gewesen wäre für das übliche Begrüßungsritual. Alma wandte sich rasch ab und blickte wieder auf Las Sabinas.

„Und was machen wir hier?“, fragte sie etwas misstrauisch.
„Warte es ab“, entgegnete Isidro und öffnete mit einem Ruck die Türe, um sie einzulassen.
„Aber … hier ist doch noch gar nicht geöffnet“, warf Alma ein, während sie langsam in Richtung der unbeleuchteten Bar ging.
„Für uns schon“, entgegnete Isidro.
In dem Moment wurde die Tür zur Küche mit einem Schwung aufgestoßen und ein großer, schlaksiger Mann mit Kochhaube, der Alma vage bekannt vorkam, trat heraus.
„¡Hombre!“, rief er hocherfreut und breitete die Arme aus. Und noch während er auf Alma zukam, erkannte sie ihn.
„Juan Manuel“, flüsterte sie völlig verdattert und ließ sich von dem Mann umarmen, der einst der Koch des Café Vienés gewesen war.
Er stellte seinen Gästen zwei kleine Gläser eiskaltes Bier vor die Nase und Alma und Isidro nahmen dankbar einen Schluck. Es schmeckte herrlich.
„Qué de tiempo“, Wie lange ist das her, murmelte Juan Manuel, während er Alma musterte, als versuchte er, Reste des Mädchens von früher an ihr zu finden. Nun ja, zumindest die Haare sind immer noch dieselben, dachte Alma. Er schien zu überlegen, ob er sie etwas fragen sollte, ließ es dann aber bleiben.
„Was werden wir heute essen?“, fragte Isidro schließlich.
„Na das, was ich für euch koche!“, rief Juan Manuel mit einem verschmitzten Lachen und verschwand gleich darauf in der Küche.
Alma sah sich um. Las Sabinas wirkte wie ein Restaurant für Leute, die zwar viel Geld, aber wenig Geschmack hatten. Auch das gab es in Sevilla hie und da. Aber es

war ihr gleich. Sie war noch völlig verzückt von der Tatsache, Juan Manuel wieder getroffen zu haben.
„Wie hast du das nur geschafft?“, fragte Alma ihren Begleiter.
„Ehrlich gesagt, es war Zufall. Ich habe ihn vor ein paar Wochen im Robles getroffen, du weißt schon, das Nobelrestaurant bei der Kathedrale. Ich war überrascht, dass er sich überhaupt noch an mich erinnert. Er hat mich eingeladen, in seinem neuen Restaurant Las Sabinas vorbeizukommen. Und gestern habe ich gedacht, du würdest dich vielleicht freuen …“, erklärte Isidro.
Bevor Alma etwas erwidern konnte, erschien Juan Manuel und stellte schwungvoll mehrere kleine Teller auf die Theke. Alma konnte nicht alles auf Anhieb identifizieren, aber es schien so, als handle es sich um klassische kalte Tapas, modern interpretiert. Jeder Teller ein kleines Kunstwerk.
„¡Venga!“, rief der Koch und deutete mit Nachdruck auf die Speisen, während Alma und Isidro sie noch ehrfurchtsvoll betrachteten. Vorsichtig begannen sie sich durchzukosten und tatsächlich schmeckte ein Gericht besser als das andere.
Kurze Zeit später kam Juan Manuel mit einer Auswahl an warmen Tapas und so ging es immer weiter, bis Alma das Gefühl hatte, sie müsse platzen. Wenn er nicht gerade am Kochen war, stellte Juan Manuel sich zu ihnen und erzählte schrecklich unkorrekte Witze, so wie er es schon früher getan hatte.
Alma wusste, dieser Abend war ein Geschenk, selten zuvor hatte sie so gut gegessen und so viel gelacht. Trotzdem, nach zwei weiteren Bieren und einem Glas Sherry, ertappte sie sich bei dem Gedanken, gerne allein mit Isidro zu sein und einfach nur mit ihm zu reden.

Und sie hatte den Verdacht, dass es ihm ähnlich ging. Kurz vor Mitternacht warf Isidro einen Blick auf die Uhr und meinte, dass es Zeit war, aufzubrechen. Juan Manuel protestierte, aber nicht allzu überzeugend. Alma war sich sicher, dass auch er am nächsten Tag zu arbeiten hatte. Nachdem sie sich von ihm verabschiedet hatten, schlenderten Alma und Isidro langsam zurück Richtung Plaza de Cuba.

„Und wie fandest du es?“, fragte er.

„Das Essen war köstlich“, antwortete Alma, „aber das Restaurant ist mir ein bisschen zu … pijo.“

Isidro lachte auf. „Du hast recht, es ist ziemlich schick. Los Remedios eben.“ Dann hielt er kurz. „Wo musst du eigentlich hin?“

„Calle San Primitivo.“

„San Primitivo? Nie gehört.“

Alma musste lächeln. „Macarena.“

„Ah. Ich begleite dich noch ein Stück.“

„Das musst du nicht“, wollte Alma sagen, doch er hatte sich bereits in Bewegung gesetzt. So spazierten sie über die nächtliche Brücke von San Telmo, querten die Puerta de Jerez und gingen an der Kathedrale entlang, die zu dieser Stunde, ohne die vielen Touristen, besonders eindrucksvoll wirkte. Alma merkte natürlich, dass sie nicht den kürzesten, aber jedenfalls den schönsten Weg nahmen. Als sie in eine kleine Gasse einbogen, die sie nicht kannte, blieb Isidro plötzlich stehen. Alles schien ruhig, nur aus einer winzigen Bar tönte das laute Getöse von Menschen, die sich lautstark unterhielten. Auf Isidros Gesicht zeigte sich ein schiefes Lächeln, als sie sich näherten.

„Los Claveles“, murmelte er. „Warst du hier schon?“

Alma erschien die Frage absurd, schließlich war es

offensichtlich, dass die Bar ausschließlich von Einheimischen – und vornehmlich Männern – bevölkert war. Nein, da hätte sie sich bislang sicher nicht hineingetraut.
„Hier nehmen wir noch einen." Und ohne eine Antwort abzuwarten, nahm Isidro sie an der Hand und zog sie durch die Menschengrüppchen hinter sich her in Richtung Tresen.
„Hola, ¿qué hay?", fragte der Kellner, der in schwarzen Hosen und weißem Hemd steckte und rasch mit einem feuchten Tuch über die Nirostatheke wischte. Auf dem Tresen stand eine langgezogene Kühlvitrine mit verschiedenen kalten Speisen. An der dunkel gefärbten Wand dahinter hing eine interessante Mischung von Bildern. Zwei davon zeigten Jesus und Maria, die, so vermutete Alma, zu der nächstgelegenen Kirche Santa Catalina gehörten. Auf anderen waren Flamencotänzer und -sänger zu sehen. Zumindest einen davon, nämlich den allerberühmtesten, Camarón de la Isla, konnte sie einwandfrei identifizieren. Zwischen den Bildern waren Coupons der Weihnachtslotterie angepinnt. Die Luft war erfüllt von lauten Stimmen und Gelächter. In einer Ecke hing ein Fernseher, dessen aufgedrehter Ton mit dem Gesprächslärm um die Vorherrschaft konkurrierte. Das Gefühl, einen Zeitsprung gemacht zu haben, überwältigte Alma mit solcher Kraft, dass ihr schwindlig wurde. Hier, an diesem Ort, war eindeutig die Zeit stehengeblieben.
„Was willst du trinken?", fragte Isidro, aber Alma brachte kein Wort heraus.
„Dos Larios con tónica", bestellte Isidro und Alma fiel ein, dass sie früher schon immer „Larios con tónica" getrunken hatten, wenn sie unterwegs waren. Damals. In einem anderen Leben. Als man eben nicht „Gin Tonic"

bestellte, wie jeder dahergelaufene Tourist. Nein. Man sagte genau, welche Marke man wollte. Eben Larios mit Tónica. Oder Beefeater. Oder JB mit Coca Cola. Oder Bacardi.
Plötzlich schrie der Kellner neben ihr: „¡Las croquetas!“, so laut, dass Alma erschrocken zusammenfuhr. Ein älterer Herr, gerade noch im Gespräch, drängte sich lachend zur Theke durch, um seine Tapa abzuholen. „Perdona, hija“, entschuldige, Tochter, murmelte er, als er sich an Alma vorbeischob.
Darüber, ob etwas gesund war oder nicht, machte sich hier natürlich niemand Gedanken. Zumindest wurde drinnen nicht mehr geraucht, dachte sie bei sich.
„¡Salud!“, lenkte Isidros Stimme die Aufmerksamkeit auf ihn. Er stieß mit seinem gegen Almas Glas.
„Salud y suerte …“, begann Alma.
„… y mucho amor“, beendete er den Satz und sah ihr dabei einen Moment zu lang in die Augen. Alma errötete und starrte schnell auf ihre Sandalen hinunter, die ihr plötzlich ausgesprochen interessant erschienen.
„Mi alma“, sagte er mit einem Lächeln. „Also. ¿Qué te cuentas?“
Er nahm noch einen langen Schluck von seinem Getränk. Alma schwieg. Ja, was hatte sie zu erzählen? In Gedanken formte sie die Worte: „Ich habe ein Burnout. Oder eine Midlifecrisis. Oder jedenfalls irgend sowas in der Art.“ Aber sie sprach sie nicht aus. Es erschien ihr plötzlich unpassend, die unbeschwerte Stimmung mit ihren eigenen ernsthaften oder vielleicht auch nur eingebildeten Problemen zu trüben.
Was ihr hier im Süden immer gut gefallen hatte, war die Tatsache, dass die eigene Laune Privatsache war. In der Öffentlichkeit bewegte man sich mit einer positiven

Grundstimmung. In Österreich begegnete man meist dem Gegenteil: Jeder trug seinen Grant vor sich her, und wurde man nach dem eigenen Befinden gefragt, ging das große Jammern los. Das gehörte sich in Andalusien ganz einfach nicht. Hier hielt man es für ungehörig, andere mit den persönlichen Befindlichkeiten zu belästigen. So bekam man auf die Frage „¿Qué tal?“, also „Wie geht's?“, grundsätzlich die Antwort „bien“ zu hören. Wenn es einmal wirklich gar nicht gut ging, konnte hinzugefügt werden: „¿O te cuento?“, oder soll ich es dir erzählen? Guten Freunden teilte man sich natürlich sehr wohl mit. Aber Alma wusste nicht, ob das auf Isidro zutraf. War er ein guter Freund? Dafür hatten sie sich doch viel zu lange nicht mehr gesehen. Also beschloss sie, den Spieß umzudrehen und sagte: „¿Y tú? Wie sieht es denn bei dir aus? Job? Karriere? Familie? Kinder?“
„Wow“, erwiderte Isidro, „ist das so eine Art Checkliste, die man abarbeiten sollte?“
„Ich denke, das ist die normale Vorgehensweise, ja.“
„Also gut, mal sehen ... Ich arbeite immer noch in derselben Firma wie früher, bin aber jetzt Encargado – wie sagt man? – Geschäftsführer?“
„Aha, ja“, machte Alma und nickte zustimmend.
„Ich bin nicht verheiratet, ich würde sagen, Status ‚getrennt‘, aber ich habe eine Tochter“, fügte er hinzu. Bei den letzten Worten verschluckte sich Alma an ihrem Larios con Tónica so sehr, dass sie hustend und prustend nach Luft ringen musste. Isidro klopfte ihr vorsichtig auf den Rücken, was natürlich überhaupt keinen nennenswerten Effekt hatte. Als sie endlich wieder atmen konnte und verlegen feststellte, dass die Männer um sie herum ihr besorgte Blicke zuwarfen, knallte sie ihr Glas auf den Tresen, machte auf dem Absatz kehrt und

verließ Los Claveles. Nach wenigen Metern hörte sie rasche Schritte hinter sich herkommen.
„Alma! Alma! ¿Qué te pasa?“, rief Isidro ihr mit gedämpfter Stimme hinterher, bis er schließlich gleichauf war.
„Ich bin müde, ich gehe ins Bett“, antwortete Alma knapp.
„Und das ist dir in dem Moment eingefallen, in dem ich dir von meiner Tochter erzählt habe?“
Alma stoppte abrupt. „Weißt du was? Du musst mir nicht hinterherlaufen, ich finde den Weg allein. Es war nett, dich wiederzusehen. Aber jetzt lass mich bitte in Ruhe. Und ruf mich nicht an.“ Damit ließ sie den verdutzten Isidro stehen und ging mit raschen Schritten nachhause.
In der Calle San Primitivo Nummer 6 angekommen, ging sie schnurstracks in die Küche und schenkte sich einen doppelten Gin Tonic ein. Sie zögerte noch einen Moment. Und dann tat sie, was jede vernünftige Frau an ihrer Stelle getan hätte: Sie klopfte bei Mike. Als keine Antwort kam, öffnete sie die Tür möglichst geräuschvoll und sagte laut: „Schläfst du?“
Schlaftrunken fuhr Mikes hübscher Lockenkopf hoch.
„Ja. Ich meine, nein.“
„Gut!“
Alma stellte ihr Glas auf den Nachttisch, schälte sich aus Bluse und Hose und schlüpfte zu Mike unter die Decke. Dort roch es angenehm nach frisch gewaschenen Laken mit einem Hauch Männerschweiß.
Als hätte er Angst, sie könnte es sich anders überlegen, zog Mike sie an sich und küsste sie.
„Oh ja, eindeutig wach“, murmelte Alma zufrieden und schloss die Augen.

11

Am nächsten Morgen erwachte Alma von einem Geräusch, das sich anhörte wie ein Insekt, das in einem Plastiksack gefangen war. Erst nach einigen Sekunden begriff sie, dass es wohl ihr Handy-Wecker sein musste, der schon etwas verzweifelt vor sich hin brummte. Gerade wollte sie sich umdrehen und weiterschlafen, als Mike fluchend die Decke zurückschlug. „So ein Mist, heute ist mein letzter Kurstag!" Er schaute auf Alma herunter und sofort erschien ein verzückter Ausdruck auf seinem Gesicht. „Du musst aufwachen. Wir müssen aufstehen", flüsterte er, als bestünde die Möglichkeit, dass Alma noch schliefe.

„Geh du, ich schwänze heute", murmelte sie schlaftrunken. Noch während sie die Worte aussprach, begannen ihre Gedanken verrückt zu spielen: Wollte sie wirklich schwänzen? Das wäre, wenn sie sich nicht irrte, das erste Mal in ihrem Erwachsenenleben. Was würde Melchora sagen, der sie spätestens beim Abendessen begegnen musste? Sie beschloss, all diese Gedanken einfach beiseitezuschieben und nickte dann zufrieden. So fühlte es sich also an, ungehorsam zu sein.

Mike hingegen wollte ganz offensichtlich keinen Ungehorsam üben. In atemberaubendem Tempo sprang er in die Dusche, zog sich an, versuchte noch einmal im Vorbeigehen Alma davon zu überzeugen, dass es doch besser wäre, in die Sprachschule zu gehen, und verschwand schließlich.

Alma drehte sich um, doch sie konnte nicht wieder einschlafen. Stattdessen wanderten ihre Gedanken zurück zur vergangenen Nacht. Vor ihrem inneren Auge erschien … der Coupon der Weihnachtslotterie.

Mit einem Ruck fuhr sie hoch. Eine Erinnerung war aufgetaucht, wie eine Push-Nachricht auf ihrem Handy. Schnell schlüpfte sie in ihre Bluse, huschte in ihr eigenes Bett, zog das Notizbuch samt Stift aus ihrer Tasche und legte es auf ihren Schoß.

Es war Weihnachten und die Straßen waren geschmückt in einer Pracht, die selbst Wien blass aussehen hätte lassen. In den Einkaufsstraßen Cuna, Sierpes und Tetuán tummelten sich die Menschen und an den Ecken waberte der Rauch der Kastanienverkäufer. Selbst einem trotzigen Teenager musste es eigentlich schwerfallen, sich nicht von der vorweihnachtlichen Stimmung anstecken zu lassen. Doch ich strengte mich an und gab mir größte Mühe, alles doof und hässlich zu finden, und diese Meinung auch jedem unter die Nase zu reiben. Gerade jetzt, so kurz vor Weihnachten, sehnte ich mich nachhause, so sehr, dass mir das Herz wehtat. Aber es half nichts. Wolf und Elisabeth hatten sich dazu entschieden, mich so weit wie möglich zu ignorieren.
Dieses Jahr würde es keinen Christbaum geben, so viel war klar, denn das war in Südspanien nun einmal nicht üblich. Auch die Geschenke würde nicht der Weihnachtsmann bringen und schon gar nicht das Christkind. Die Geschenke brachten die Reyes Magos, also die drei heiligen Könige, und zwar am 6. Jänner. Am Vorabend fand offenbar die sogenannte Cabalgata statt, was auch immer das sein sollte. Ich wusste nur, dass die Kinder in meiner Schule alle voller Vorfreude von der Cabalgata sprachen und mir damit so sehr auf die Nerven gingen, dass ich ihnen am liebsten entgegengeschrien hätte, sie sollen sich ihre Cabalgata sonst wohin stecken. Wenn ich keinen Baum haben konnte,

sollten sie auch keine heiligen Könige oder weiß der Kuckuck was haben.
Die andere Sache, über die andauernd voller Begeisterung gesprochen wurde, allerdings auch von den Erwachsenen, war El Gordo de Navidad. Soweit ich wusste, bedeutete El Gordo „der Dicke", aber was das mit Weihnachten zu tun haben sollte, entzog sich meiner Kenntnis. Aber ich sah täglich die Menschenschlangen vor manchen Verkaufsständen der „Loterías y Apuestas del estado". Nicht vor allen wohlgemerkt, denn, so wurde mir erklärt, es gab beliebte Zahlen und weniger beliebte Zahlen und die beliebten waren so heiß begehrt, dass sie in Nullkommanichts ausverkauft sein konnten. Da ich zu jenem Zeitpunkt den Glauben an das schnelle Glück – oder überhaupt an jede Form von Glück – verloren hatte, konnte ich dazu nur den Kopf schütteln. Mitte November tauchten dann im Fernsehen die Werbespots für die Weihnachtslotterie auf, die dermaßen vor Pathos troffen, dass einem nur schlecht werden konnte. Als auch noch Elisabeth eines Tages mit zwei Losen nachhause kam, war für mich der Bogen überspannt. Ich riss ihr die Scheine aus der Hand und schrie sie an, sie hätte doch stattdessen Flugtickts in die Heimat kaufen sollen – was natürlich lächerlich war, denn die Lose waren zwar teuer, aber weit nicht so teuer wie Flugtickets in den 90er-Jahren. Elisabeth wollte mich trösten und schenkte mir eines der beiden Lose. In meiner Wut wollte ich es vor ihren Augen zerreißen, doch dann kam mir eine bessere Idee: Vielleicht sollte ich doch die Ziehung am 22. Dezember abwarten – zerreißen konnte ich das Los danach immer noch.
Der heiß ersehnte Tag der Weihnachtsziehung, der Tag des „Gordo", kam endlich. Und wie alle anderen

Spanier saßen auch wir vor dem Fernseher und warteten gespannt. Falls mein Los gewinnen sollte, so viel stand fest, würde ich ein Flugticket nach Österreich kaufen. One-Way versteht sich.
Doch auf das, was dann folgte, war ich nicht vorbereitet. Anstatt einer nüchternen, ergebnisorientierten Ziehung, wie ich es vom heimischen Lotto gewohnt war, bot sich mir ein Schauspiel der peinlichsten Art. Nicht nur, dass das Ganze in einem Theater vonstattenzugehen schien, in dem auch Live-Publikum anwesend war, das zwischen den gezogenen Zahlen applaudierte. Die Zahlen selbst wurden von Kindern gezogen – später erfuhr ich, dass es sich dabei um Schüler des Madrider Colegio San Ildefonso handelte –, die ihre Zahlen und den damit verbundenen Gewinn in einem seltsamen Singsang vortrugen, etwa so: mil-setecientas-keine-Ahnung-wie-viele-Millionen Peseeeeeten! Und so weiter.
Nach etwa einer halben Stunde spürte ich, wie sich unser Wohnzimmer in einen Hochdruckkochtopf verwandelte: Marie wurde unruhig, die Sätze zwischen meinen Eltern fahriger und unfreundlicher. Ich beschloss, nicht zu warten, bis irgendjemand in die Luft ging, schnappte mir mein Los und ging nach draußen. Ich wollte eine neue Taktik anwenden: Ich würde während der Ziehung, die weit über drei Stunden dauern konnte, spazieren gehen und anschließend bei einem Lotteriestand vorbeigehen, um meine Zahlen zu überprüfen. Gesagt, getan. Ich ging den gesamten Kanal an beiden Uferseiten je einmal auf und ab, folgte dann noch dem Paseo de las Delicias stadtauswärts, machte dann einen Bogen zurück ins Zentrum und stand schließlich vor einem der Verkaufsstände der Lotería. Ich reichte der Dame hinter der Plexiglaswand mein Los. Sie lächelte

mir freundlich zu und prüfte die Zahlen, während ich die Augen schloss und fest die Daumen drückte.
„Pues no, lo siento, pero no ha tocado", du hast leider nicht gewonnen, sagte sie schließlich und gab mir das Los zurück. Ihr mitleidiger Blick fühlte sich an wie ein kräftiger Schlag ins Gesicht. Ich war wütend auf sie, vor allem aber war ich wütend auf mich selbst. Was hatte ich denn gedacht? Dass ich wirklich gewinnen würde? Lächerlich. Es gab kein Entkommen. Ich würde bleiben müssen. Keine weiße Weihnacht. Kein Baum. Kein Garnichts. Nur diese seltsame Cabal-dingsda.
Am 5. Jänner zogen wir uns schick an, denn das gehörte sich offenbar für den Vorabend der Heiligen Drei Könige. Wir gingen vor die Tür und folgten dem Strom von Familien mit Kindern, die es in Richtung Universität zog. Dort, an der Avenida del Cid, hielten wir und warteten. Um uns herum tollten Kinder aller Altersstufen in ihren lächerlichen Kleidern. Die Erwachsenen standen daneben und schnatterten. Und bald rollten mit großem Getöse die Umzugswägen heran. Laute Musik dröhnte aus riesigen Boxen, die Wägen erschienen mir überladen und kitschig und alles andere als weihnachtlich. Die heiligen Könige und ihre Helfer warfen Süßigkeiten in die Menge, so dass sich die Kinder rasch bückten, um sie aufzuheben, wie Tauben, die nach Körnern pickten. Zu allem Überfluss brannte die Sonne unnatürlich heiß vom Himmel. Es war erbärmlich. Und heiß. Viel zu heiß …

Alma erwachte schweißgebadet, ihr Mund war staubtrocken. Sie musste wieder eingeschlafen sein. In ihrem Zimmer hatte es mittlerweile an die 30 Grad, zumindest fühlte es sich so an. Ihr Kopf schien von einem fremden

Wesen bewohnt, das gegen die Innenseite ihres Schädels hämmerte.
„Nie wieder Larios mit Tónica“, stöhnte sie und schälte sich mühsam aus den feuchten und völlig verdrehten Bettlaken. Was sie jetzt brauchte, war eine kalte Dusche, um die letzte Nacht, aber auch den verflixten Traum loszuwerden. Sie ließ das kalte Wasser so lange über ihren Körper rauschen, bis sie das Gefühl hatte, jeden Funken Wärme ausgetrieben zu haben. Während sie vor dem Spiegel stand und ihre nassen roten Haare in das weiße Handtuch drückte, erstarrte sie. „Scheiße“, entfuhr es ihr lautstark. „Der Flug!“ Sie widerstand dem Impuls in ihr Zimmer zu laufen und das Datum zu checken. Es war sinnlos. Sie hatte vergessen, den Flug noch einmal zu verschieben, also war er verfallen. „Na großartig.“
In dem Moment hörte sie, wie die Eingangstür ins Schloss fiel. Sie wartete, bis die Schritte am Badezimmer vorbeigetappt waren, dann schlich sie leise in ihr Zimmer.
„Alma?“, hörte sie Mikes Stimme hinter sich.
„Oh, hey“, erwiderte sie, ohne sich umzudrehen.
„Melchora meinte, ich sollte dich daran erinnern, dass du heute eine Verabredung zur Paella hast“, erklärte Mike ihrer Rückseite. „Sie hat auch noch etwas anderes gesagt, aber das hab ich nicht verstanden. Sie wirkte ein bisschen sauer“, ergänzte Mike.
„Alles klar, danke!“, rief Alma mit unnatürlich fröhlicher Stimme, während sie mit dem Fuß die Tür zuschubste. Doch Mike verstand den Wink nicht. Er stellte sich vor die geschlossene Tür und redete weiter: „Ich wollte dich noch fragen, oder besser gesagt dir etwas vorschlagen ... das ist mein letztes Wochenende und ich fahr mit ein paar Kumpels nach Cádiz und da dachte ich, es wäre cool, wenn du auch ... mitkommen würdest?“

Alma zögerte. Hatte sie Lust mit irgendwelchen „Kumpels“ in Cádiz abzuhängen? Nein. Allerdings hatte sie auch nichts Besseres vor …
„Es ist mein letztes Wochenende“, jammerte Mike.
„Das hast du schon gesagt, Schätzchen“, dachte Alma und seufzte stumm.
„Wir würden Freitag nach dem Kurs in den Camper hüpfen und losfahren“, erklärte Mike. „Ich meine, du kennst doch Cádiz, das wird bestimmt …“ „… geil“, ergänzte Alma in Gedanken.
Natürlich kannte sie Cádiz. Eine wundervolle Stadt. Ihrer Meinung nach die einzige, die auch nur in die Nähe von Sevilla kam, mit dem Vorteil, dass sie am Meer lag – IM Meer drückte es noch besser aus.
„Also gut“, sagte Alma schließlich. Und da das wenig begeistert geklungen hatte, setzte sie noch ein „gerne!“ hinzu.
„Geil!“, jauchzte Mike hinter der Tür und Alma musste lächeln. Wer weiß, vielleicht würde es ja wirklich …

Punkt 20 Uhr läutete Alma an Melchoras Türe. Sie hatte wirklich versucht, wenigstens ein bisschen zu spät zu kommen, aber ihre innere österreichische Uhr erlaubte keine Unpünktlichkeit. Noch nicht.
Melchora öffnete die Tür, doch anstatt einer strengen Miene, vor der Alma sich schon ein wenig gefürchtet hatte, lag ein Lächeln auf ihrem Gesicht und sie sagte mit einem nachsichtigen Kopfschütteln: „Estos austríacos …“, diese Österreicher …
„Ja, ich weiß, nächstes Mal komme ich mindestens fünfzehn Minuten zu spät, versprochen“, erwiderte Alma.
„Unbedingt“, bestätigte Melchora, „du weißt schon, interkulturelles Lernen und so.“ Sie drückte ihr Gegenüber, das

noch etwas unschlüssig in der Tür stand, an sich und schob es dann weiter ins Vorzimmer. In dem Moment kam eine weitere Frau um die Ecke gebogen. Sie sah deutlich jünger aus. Schulterlange, blondierte Haare, unter denen ein Undercut durchblitzte, umrahmten ein freundliches Gesicht. Über einem kurzen bunten Kleid trug sie eine Schürze, die sie eindeutig als Köchin auswies.

„Te presento a Paloma", sagte Melchora, wies mit der Hand auf die andere und stellte Alma damit Paloma vor.

„Encantada", antwortete Alma brav und begrüßte Melchoras Partnerin mit zwei Küsschen links und rechts. Dann wurde sie kurz durch eine kleine, aber für sevillanische Verhältnisse recht moderne Wohnung geführt. Schließlich nahmen sie auf einer ebenfalls kleinen, aber feinen Terrasse Platz, von der aus man einen fantastischen Ausblick hatte.

„Tja, seit ich ‚jefa' bin, lebe ich auf großem Fuß", erklärte Melchora schmunzelnd, während sie Almas bewunderndem Blick über die Altstadt folgte.

„Das sehe ich", erwiderte diese. „Und eine Jüngere hast du dir auch noch geangelt", ergänzte sie mit einer Kopfbewegung Richtung Paloma, die wieder in die Küche verschwand, um nach der Paella zu sehen.

Melchora lachte dröhnend.

„Sí, sí, das gehört auch zu den Vorteilen …", bestätigte sie und wischte sich eine winzige Träne aus dem Augenwinkel. „Also gut. Ich hol uns was zu trinken. Cerveza, ¿no?"

Alma nickte zustimmend und Melchora ging ebenfalls in die Küche, von wo aus kurz darauf Gelächter ertönte. Vermutlich hatte die „jefa" Paloma ihre Bemerkung weitererzählt. Sie ließ noch einmal den Blick über das abendliche Sevilla gleiten. Unter ihr tummelten sich die

Menschen wie namenlose Tierchen. Autos und Mopeds brummten vorbei. Alles war immer noch laut und geschäftig. Dann stellte sie sich in die Terrassentür und begann den Salon zu inspizieren. Die meisten Möbel kamen ihr aus irgendwelchen Ikea-Katalogen bekannt vor. Eine Wand war von oben bis unten mit einem übervollen Bücherregal ausgefüllt. An einer anderen Wand hingen Fotos. Alma erstarrte. Auf einem der Fotos erkannte sie Melchora und ... Rachel. Die wunderschöne Rachel mit ihren blonden Haaren und ihrem Engelsgesicht. Die beiden sahen so glücklich aus. Alma fragte sich für einen Moment, ob es Paloma nicht störte, jeden Tag an dieser Stelle ihre Partnerin mit ihrer alten Liebe zu sehen. Sie selbst würde den Anblick nicht ertragen, das wusste sie. Aber vielleicht waren andere ja toleranter als sie. Oder selbstbewusster?

Melchora riss sie aus ihren Gedanken. „¡Venga! Nimm das hier“, befahl sie und drückte Alma ein Glas Bier und eine Schüssel mit Oliven in die Hand und deutete mit dem Kinn energisch Richtung Terrasse.
Kurz darauf saßen sie zu dritt am Tisch und genossen das eiskalte Bier und die Vorspeisen.
„Was machst du beruflich?“, fragte Paloma und Alma musste ihre Spanischkenntnisse durchforsten, bevor sie antworten konnte. Paloma sprach kein Deutsch und Alma immer noch nicht allzu gut Spanisch, was das Gespräch anfänglich etwas holprig machte.
„Ich bin Redakteurin“, antwortete Alma schließlich.
„Sie ist stellvertretende Chefredakteurin“, korrigierte Melchora sie und sprach die letzten beiden Worte dabei überdeutlich aus. „Merk dir das gleich“, setzte sie noch, an Alma gewandt, hinzu.

„Uh", machte Paloma beeindruckt, „que interesante, ¿no?"
„Ja, sehr interessant", bestätigte Alma und schwieg einen Moment.
„¿Qué pasa?", wollte Melchora wissen.
„Ich liebe meine Arbeit, me encanta … mi trabajo, siempre", antwortete Alma. „Aber, estoy cansada."
„Agobiada", verbesserte Melchora und machte aus Almas „müde" ein „erschöpft". Sie nickte und warf Paloma einen unsicheren Blick zu. Sie wollte noch etwas sagen, wusste aber nicht, wie sie es auf Spanisch ausdrücken sollte. Paloma verstand und fragte daraufhin: „¿Vino?" Melchora nickte dankbar und ihre Freundin ließ die beiden daraufhin allein.
„Ich habe meine Arbeit immer geliebt, sie war … alles für mich", brach es aus Alma heraus. „Aber jetzt … sie erfüllt mich nicht mehr. Sie ist nur mehr eine lästige Pflicht. Nur, ohne meine Arbeit bin ich nichts …"
„Und deshalb bist du hergekommen", ergänzte Melchora. „Du bist auf der Suche nach etwas, das irgendwo verloren gegangen ist."
Alma ließ sich die Worte für einen Augenblick durch den Kopf gehen. „Ja, ich denke, so ist es."
„Es ist die Unbeschwertheit, die Leichtigkeit, die du hier erlebt hast", sagte die Ältere. „Sie ist nicht immer echt, denk das bloß nicht. Und manchmal nervt sie total. Aber alles in allem macht sie das Leben erträglicher."
Alma nickte nachdenklich und dachte an ihr eigenes Leben, das ihr plötzlich so freudlos erschien: arbeiten, schlafen, arbeiten, schlafen, hin und wieder eine Bekanntschaft ohne Bedeutung. Überhaupt schien nichts mehr bedeutsam. Alles war leer.
„Weißt du, was mich am meisten beeindruckt hat, wie ich dich zum ersten Mal in der Sprachschule gesehen

habe?“, fragte Melchora.
„Die roten Haare?“, riet Alma.
„Die auch“, lächelte sie, „aber nein, die meinte ich nicht. Es war deine Energie. Die Kraft, die du ausgestrahlt hast. Du hattest schlechte Laune, weil du nicht hier sein wolltest und es war so, als würde eine Gewitterwolke ins Klassenzimmer hereinschweben. Niemand konnte sich dem entziehen und es kostete mich ziemlich viel Mühe, die Stimmung wieder zu heben!“
Alma sah verlegen zu Boden.
„Aber nach einiger Zeit hast du es dir anders überlegt und du bist gerne gekommen. Und jeden Morgen war es so, als würde die Sonne mit dir aufgehen.“ Melchora schwieg noch einen Moment lang, bevor sie weitersprach. „Aber jetzt wirkst du … apagada … erloschen. Und das musst du ändern.“
Alma gab sich große Mühe, den Kloß in ihrem Hals runterzuschlucken. Zum Glück kam in dem Moment Paloma mit der Weinflasche und schenkte jeder von ihnen ein großzügiges Glas Wein ein.
Für eine Weile saßen die drei Frauen schweigend da und nahmen ab und an einen Schluck von ihrem Wein.
„Meli hat mir erzählt, dass deine Eltern mit dir nach Sevilla gekommen sind, als du ein Teenager warst?“, begann Paloma und sprach dabei möglichst langsam und deutlich.
„Ja“, nickte Alma.
„Das stelle ich mir schwierig vor … gerade in dem Alter.“
„Ja“, bestätigte Alma. Es hätte noch viel dazu zu sagen gegeben, aber sie konnte es in einer fremden Sprache nicht in Worte fassen. Da sprang Melchora ein.
„Ihre Eltern waren … sehr mit sich selbst beschäftigt, sagen wir es so.“ Dann wechselte sie kurzerhand ins

Deutsche: „Du weißt, ich mochte deine Eltern immer. Aber wenn man die beiden ansah, wusste man nie, ist es noch die große Liebe oder schon abgrundtiefer Hass?“ Zu Paloma sagte sie etwas diplomatischer: „Man merkte, dass die Bedürfnisse ihrer Töchter für sie nicht an erster Stelle standen.“

Alma lauschte aufmerksam. Sie war überrascht, dass all das, was sie so lange still mit sich herumgetragen hatte, für andere, Außenstehende, so offensichtlich war.

„Vor allem Wolfgang wirkte sehr ‚getrieben‘“, fuhr Melchora fort, „inquieto. Ruhelos. Er war nicht zufrieden mit dem, was sein Leben zu bieten hatte.“

Alma nickte.

„Du musst sehr allein gewesen sein“, sagte Paloma und legte ihr kurz die Hand auf den Arm. Das war zu viel für Alma. Mit einem Ruck stand sie auf und begab sich mit einer kurzen Entschuldigung zur Toilette. Dort betrachtete sie eingehend ihr Spiegelbild. Die ersten grauen Haare verschwanden unauffällig in der roten Mähne. Aber um die Augen herum hatte sich bereits ein Kranz an kleinen Falten gebildet. Und unter den Augen lagen dunkle Schatten. Eine feine Narbe zog sich wie ein kleiner Schnitt senkrecht durch ihre linke Augenbraue. Sie konnte sich noch genau erinnern …

Es war spät in der Nacht gewesen. Sie war aufgewacht von seltsamen Geräuschen im Badezimmer, Schubladen die hastig auf und zu gemacht wurden. Also stand sie auf und schlich den Gang hinunter. Im Bad stand Wolf, der seine Zahnbürste, Rasierer und Aftershave in einen Plastiksack warf.

„Was machst du?“, fragte Alma, aber es war keine Frage, sondern ein Vorwurf. „Haust du schon wieder ab? Ist es schon wieder so weit?“

„Geh wieder schlafen!", befahl Wolf, ohne sie anzusehen. Doch Alma wollte nicht schlafen gehen. Sie wollte ihm sagen, was sie dachte, wie es sich anfühlte, wenn der Vater kam und ging, als wäre er in einem Hotel und seine Frau und seine Töchter nur irgendwelche Mitbewohner.
„Du kannst nicht einfach gehen!", ihre Stimme klang schrill. „Wo willst du denn hin? Mitten in der Nacht? Hast du eine andere?"
Da hielt Wolf inne und starrte sie an, wütend. „Das geht dich nichts an, verdammt nochmal!"
„Das geht mich sehr wohl etwas an! Weil wir eine Familie sind! Oder nicht? Oder ist da nur der ‚einsame Wolf' und wir sind die lästigen Anhängsel?", schrie sie, so laut, dass sie außer Atem kam. Wolf wollte sich an ihr vorbeidrängen, doch sie versperrte ihm den Weg. „Weißt du was? Vielleicht ist es besser so. Vielleicht solltest du ein für alle Mal abhauen und nicht wiederkommen. Du bist nämlich ein beschissener Vater!"
In den Moment traf Wolfs Faust sie am Hinterkopf. Sie wurde nach vorne geschleudert und schlug mit dem Gesicht auf den Türstock. Der Schmerz stieß in ihre linke Gesichtshälfte und wenige Sekunden später spürte sie, wie sich das Blut aus der kleinen Platzwunde in ihrer Braue einen Weg in Richtung Auge bahnte.
Wolf starrte sie an. Er war ebenso erschrocken wie sie selbst. Nie zuvor hatte er sie geschlagen und bis zu seinem Lebensende würde er es nie wieder tun. Während sie nach einem Stück Klopapier tastete, um ihre Wunde abzutupfen, nützte er den Moment und schlüpfte an ihr vorbei. Sie hörte noch, wie er den Schlüssel nahm und die Tür hinter sich zuzog. Der Plastiksack mit seinen Sachen lag noch in der Mitte des Badezimmers.

Sie lauschte. Aus dem Schlafzimmer war kein Laut zu hören. Unmöglich, dass Elisabeth nichts gehört hatte. Sie stellte sich ihre Mutter vor, wie sie im Bett lag, an die Decke starrte und dem nächtlichen Kampf lauschte. Marie schlief friedlich neben ihr.

„¿Alma?“, Melchora holte sie zurück in die Gegenwart.
„Ya voy“, ich komme, rief Alma, wusch sich die Hände und folgte dann Melchora zurück auf die Terrasse.
„Wir haben gerade davon gesprochen, dass wir eine Wohnung in Cádiz kaufen möchten. Leider sind die Preise zuletzt ziemlich stark gestiegen. Mucho turismo …“, erklärte Melchora.
„Cádiz?“, wiederholte Alma. „Ich fahre vielleicht am Wochenende nach Cádiz.“
„Sehr gut, gute Wahl. Wir sagen dir gleich, wo du unbedingt hinmusst“, sagte die Ältere eifrig und dann erklärten ihr die beiden ausführlich, was sie sich in Cádiz auf keinen Fall entgehen lassen durfte und worum sie einen Bogen machen sollte. Und als Alma sie kurz nach Mitternacht verließ, blieb sie in Gedanken noch eine Weile bei Melchora und Paloma.

Cuando se entra en Cai
Por la bahía
Se entra en el paraíso
De la alegría
(Alegrías de Cádiz)

Wenn man Cádiz
Über die Bucht erreicht
So betritt man das Paradies
Der Freude
(Alegrías de Cádiz)

12

Als Alma nach ihrem Kurs das Spanish Center verließ, erwartete Mike sie bereits vor der Türe. Er erinnerte sie ein wenig an ein Hündchen, das man vor dem Supermarkt angebunden hatte und das bis zum Schluss nicht sicher war, ob Frauchen wirklich zurückkommen würde. „Wie gemein", schalt Alma sich und schenkte Mike ein gnädiges Lächeln, das er dankbar erwiderte.
„Wir müssen zum Prado", erklärte Mike und nahm ihr die Badetasche ab, die sie vorsorglich gleich mitgenommen hatte. Er schnappte Alma bei der Hand und startete im Stechschritt los, dass sie ihm nur gerade so folgen konnte. In einem Affentempo durchquerten sie das Barrio Santa Cruz und die Jardines de Murillo, bis nur noch die Avenida de Menéndez Pelayo sie vom Prado de San Sebastián trennte. Als sie an der Ampel warteten, erspähte Alma auf der anderen Straßenseite einen Camper, der so aussah, als würde er die nächsten hundert Kilometer nicht überleben. Sie schickte ein Stoßgebet zum Himmel, es möge sich nicht um DEN Camper handeln. Doch Mike hob bereits die Hand zum Gruß und auf der anderen Straßenseite wurde ebenfalls heftig gewinkt.
Ein junger Mann mit dunkelblondem Rauschebart, Lederarmbändern und Silberringen an den Fingern sprang aus dem Camper und umarmte Mike kurz, als sie ihn erreichten. Dann drückte er Alma an sich und sie spürte wie seine feuchten Brusthaare, die über dem Tanktop herausragten, einen Abdruck an ihrem Oberteil hinterließen. Von der Beifahrerseite näherte sich eine junge Frau mit einer beeindruckenden Mähne aus Rastazöpfchen, die ihr bis zur Hüfte reichten. „Auf

geht's!", rief sie, nachdem sie ebenfalls zuerst Mike und dann Alma kurz gedrückt hatte. Ihre Aussprache ließ vermuten, dass sie keine Deutsche war, eher Schweizerin, tippte Alma. „Elvis und Franka", erklärte Mike, während sie sich in den hinteren Teil des Campers quetschten.

Aus dem Radio dröhnte der dumpfe Rhythmus von Reggaeton, näher konnte Alma die Musik nicht identifizieren. Denn da es keine Klimaanlage zu geben schien, waren die Fenster heruntergekurbelt und das Rauschen der Luft übertönte alles andere. Franka hatte ihre nackten Füße auf die Armaturen gelegt und lachte ausgelassen, während Elvis für einen Moment seine Hand gefährlich weit unter ihren Rock wandern ließ. Alma schloss die Augen und betete, dass sie sich nicht würde übergeben müssen. In dem Versuch, sich abzulenken, dachte sie an Melchora und an ihre erste Zeit im Spanish Center.

Nachdem Alma sich vier Wochen lang durch den Spanischkurs mit Eduardo gequält hatte, wollte sie nur noch alles hinschmeißen. Ihre Eltern mussten sie unter Androhung aller möglichen Konsequenzen zwingen, den Spanischunterricht fortzusetzen. Sie durfte lediglich in eine andere Gruppe wechseln und landete – zu ihrem Glück – in dem Kurs von Melchora. Mit ihrer intelligenten Art und ihrem trockenen Humor konnte sie die junge Alma für sich gewinnen.

„Alles okay?", fragte Mikes Stimme an ihrem Ohr.

„Ja, alles gut", antwortete sie. „Mir wird nur manchmal schlecht, wenn ich im Auto hinten sitzen muss." Im selben Moment fühlte sie sich wie ein beleidigter Teenager, der allen anderen die Laune verderben musste. Also öffnete sie die Augen wieder und rang sich ein Lächeln ab. „Alles gut, wirklich. Cádiz wir kommen!", fügte sie hinzu und Mike drückte ihr etwas ungeschickt einen Kuss auf die Lippen.

Sie erreichten die Stadtgrenze von Cádiz, ohne dass Alma sich übergeben musste. Im Gegenteil. Kaum hatten sie die Autovía del sur, die Autobahn, die Sevilla mit der südlichsten Provinz verband, erreicht, spürte sie eine kindliche Freude in sich aufsteigen. Sie erinnerte sich, dass eine Fahrt nach Cádiz in den 90ern noch ein fast halsbrecherisches Unterfangen gewesen war. Damals hatte nur die zweispurige N-IV in den Süden geführt, auf der es vor allem an den Wochenenden immer wieder zu grauenvollen Frontalzusammenstößen gekommen war. Jetzt aber gab es dank EU eine erstklassige Autobahn, deren Mittelstreifen eine schier endlose Reihe von blühendem Oleander bildete.
„Ist das nicht wunderschön?“, seufzte Alma, mehr zu sich selbst als zu den anderen.
„DU bist wunderschön“, flüsterte Mike und liebkoste mit den Lippen ihren Hals. Alma spürte ein Kribbeln, ein Stück südlich ihres Bauchnabels, doch ihre Gedanken wanderten woanders hin. Sie tastete mit der Hand nach hinten, doch statt Mikes weichen Locken meinte sie plötzlich die akkuraten Stoppeln eines Kurzhaarschnittes zwischen den Fingern zu spüren. Der Duft eines herben Aftershaves stieg ihr in die Nase. SEINES Aftershaves. Aus dem Kribbeln wurde ein Ziehen und ein unbändiges Verlangen erfüllte sie.
„Isidro“, hauchte sie.
„Was?“
Erschrocken schüttelte Alma sich und Isidro war ebenso schnell verschwunden, wie er erschienen war. Stattdessen Mikes unsicherer Blick.

„Ähm … was?“, wiederholte er.
„Oh, nichts, nichts …“, stammelte Alma.
„Gefällt es dir nicht?“
„Doch, Gott, ich habe nur … wie schon gesagt, auf dem Rücksitz wird mir manchmal … ich muss … mich nur ein bisschen auf die Straße konzentrieren“, erwiderte sie verlegen.
„Dort vorne ist das Meer!“, jauchzte Elvis plötzlich. Und tatsächlich: Zwischen den braungebrannten Hügeln der andalusischen Landschaft blitzte ein strahlend blaues Meer hervor.
Bald darauf hatten sie die Cortadura erreicht, die schmale Landzunge, die die Altstadt von Cádiz mit dem Festland verband. Rechterhand begann sich die Bahía de Cádiz zu erstrecken, während sich linkerhand ein Strand an den nächsten reihte: Playa de Torregorda, Playa de Santibáñez, Playa del Chato, Playa de la Cortadura. Kurz bevor sie die Playa de la Victoria erreichten, parkten sie den klapprigen Camper in einer ganzen Reihe von anderen Campingbussen. Kaum war der Motor abgestellt, riss Franka die Autotür auf und lief quer über den Strand. Im Laufen zog sie sich das Kleid über den Kopf und nur mit einem ziemlich knappen Höschen bekleidet, warf sie sich in die Fluten, dass es nur so spritzte. Elvis lachte auf. Gemächlich schnappte er sich einen Packen Badetücher, etwas, das aussah wie ein Zelt und eine Kühltasche. Mike nahm fürsorglich Almas Badetasche und seinen eigenen Rucksack und so spazierten sie über den Strand, während Franka sich immer noch in den Wellen wälzte.
Die beiden Männer begannen, eine Art Strandlager aufzuschlagen. Alma musste sich zuerst um ihre empfindliche Haut kümmern, die auch mit viel Mühe niemals

braun, sondern höchstens rot wurde. Nachdem sie alle Körperteile, die sie erreichen konnte, mit Sonnenblocker eingecremt hatte, bat sie Mike, sich ihres Rückens anzunehmen. Hingebungsvoll verteilte er die Creme auch auf dem letzten Zentimeter ihrer blassen Haut. Da kam Franka von ihrem Bad zurück, drückte ihren nassen Körper an Elvis', bis der fast ebenso nass war wie sie. Lachend öffnete er die Kühlbox, entnahm vier Fläschchen gut gekühlte Cerveza und verteilte sie.

„Por los amores", sagte er mit schauderhaftem Akzent und die vier stießen mit ihren Bierflaschen auf die Liebe an.

Langsam begann auch Alma sich zu entspannen. Sie zog sich in den Schatten des mitgebrachten Zeltes zurück und glücklicherweise störte sie niemand dabei, wie sie dem Rauschen der Stimmen und der Wellen lauschte.

Erst nach einer Weile kroch Mike zu ihr ins Zelt, um zu fragen, ob sie nicht auch ins Wasser hüpfen wollte. Und das wollte sie.

Das Wasser war herrlich – kalt und frisch, wie es eben typisch war für den Atlantik an der Costa de la Luz. Es schien auch erstaunlich sauber, so dass Alma nicht nur den Grund unter ihren Füßen sehen konnte, sondern auch kleine Fische, die sich in den Wellen tummelten.

Elvis und Mike lieferten sich eine wilde Wasserschlacht, die auch Alma erreichte und so verabschiedete sie sich von dem lächerlichen Gedanken, ihre Haare könnten trocken bleiben. Sie wurde angespritzt – sie spritzte zurück. Das Gefühl, sich kindisch und peinlich zu verhalten, wurde abgeschüttelt.

Komplett erschöpft, aber zufrieden ließ Alma sich schließlich in den Sand fallen und gönnte sich ein paar Minuten pralle Sonne. Rund um sie herum wurde es immer voller. Vor allem Familien mit Kindern breiteten sich aus mit Klappstühlen, Sonnenschirmen und mitgebrachten Speisen und Getränken. Sie fragte sich, wie es wohl war, an einem Ort am Meer aufzuwachsen, wo man sich am Nachmittag mit den Freunden am Strand treffen, wo man vielleicht am Abend am Strand feiern konnte. War so ein Leben glücklicher? Sie hätte es gerne gewusst.

Spät am Nachmittag, als die Sonne sich schon längst dem Horizont zuneigte, nahm Mike sie an der Hand. „Komm!"

Er hatte die letzte Stunde damit verbracht, auf einem geliehenen Surfbrett hinauszupaddeln und sich von viel zu flachen Wellen wieder an den Strand tragen zu lassen. Junge Mädchen waren stehengeblieben und warfen ihm bewundernde Blicke zu. Alma konnte es ihnen nicht verdenken, er sah toll aus, dachte sie. Und nicht nur das. Er war auch wirklich ein Schatz. Und er war verknallt in sie, betete sie an, wollte sie auf Händen tragen. Aber auf irgendeine Weise spürte sie, dass er nicht zu ihr gehörte.

Jetzt führte er sie zu einem Chiringuito mit dem Namen Maria's Cantina, in dem Elvis und Franka sich schon angeregt mit anderen jungen, coolen Menschen unterhielten. Man stellte sie vor und drückte ihr einen Cuba Libre in die Hand. Aus den Boxen drang wieder der auffordernde Bass von Reggaeton. Nach dem zweiten Cuba Libre konnte Alma nicht mehr an sich halten. Ihre Hüften bewegten sich wie von selbst zum Rhythmus. Franka lachte ausgelassen und zog Alma auf die Tanzfläche, die nicht mehr war als eine ausgesparte Fläche im Sand. Sie konnte sich nicht erinnern, wann sie das letzte Mal getanzt hatte. Aber was spielte das auch für eine Rolle?

Jetzt war sie hier und jetzt wollte sie sich verlieren, in der Musik, in der Bewegung. Mike tanzte hinter ihr, sie konnte ihn spüren, obwohl er sie nicht berührte. Neben ihr tanzten Franka und Elvis. Dann tanzte Mike mit Franka. Und Elvis tanzte hinter ihr. Seine Hände lagen auf ihren Hüften und sein Bart kitzelte an ihrem Ohr. Sie warf einen raschen Blick zu Franka. Die schmiegte gerade ihren schlanken Körper an Mike. Mike fing ihren Blick auf und brachte schnell einen kleinen Sicherheitsabstand zwischen seine Tanzpartnerin und sich selbst. Aber Alma lachte nur. Sie warf die Hände in die Luft und stieß einen lauten Jauchzer aus. Da war Mike, nahm ihre Arme und legte sie um seinen Hals. Elvis wechselte klaglos zu seiner Freundin. So tanzten sie, und Alma konnte sich nicht erinnern, wann sie sich das letzte Mal so unbeschwert gefühlt hatte.
Sie legte ihre Lippen an Mikes Ohr und flüsterte: „Bevor ich zu betrunken bin und vergesse, es dir zu sagen … danke."
Mike nahm ihr Gesicht zwischen seine Hände und küsste sie. Ohne ein Wort führte er sie fort, weg von den anderen, bis sie den Raum von Licht und Musik hinter sich gelassen hatten. Zwischen zwei kleinen Hügeln legten sie sich in den Sand. Keiner sagte ein Wort. Alma schaute an Mike vorbei in den Himmel. Sie wusste, es würde für sie beide das letzte Mal sein. Und vielleicht wusste er es auch. Dann schloss sie die Augen und kam in einer einzigen Welle, die sich über ihren ganzen Körper ausbreitete, und sie stieß einen langen Seufzer aus. So blieben sie noch einen Augenblick lang. Er betrachtete ihr Gesicht, forschend. Dann legte er sich neben sie in den Sand und starrte hinauf in den Himmel. Millionen von Sternen über ihnen.

„Das wäre es … ein Haus am Strand. Eine Frau. Kinder. Eine Arbeit, mit der man die Rechnungen bezahlen kann. Und sonst einfach nur das Leben … genießen …"
Einen Augenblick lang beneidete Alma ihn um seine Naivität. Dann gingen sie zum Wasser, um sich zu waschen.
„Bringst du mich zur Straße?", fragte Alma schließlich, während sie zu ihrem Lagerplatz spazierten.
„Zur Straße?"
„Ich nehme ein Taxi. Weiter vorne gibt es ein Hotel. Der Camper … das ist nichts für mich", erklärte sie.
Er sagte nichts. Sie holten ihre Tasche und er begleitete sie zur Avenida, wo sie in ein Taxi stieg.
Bevor sie die Türe zuschlagen konnte, beugte er sich noch einmal zu ihr runter und sagte: „Das Leben ist schön, Alma."
„Ja, sicher", entgegnete sie, „und dann wachen wir auf."

13

Im Hotel Atlántico war noch ein Zimmer im obersten Stock frei. Alma wusste, es war das teuerste Hotel in ganz Cádiz, aber das war ihr egal.
Auf Zimmer 712 angekommen, ging sie auf den Balkon und ließ den Blick über den schier unendlichen Ozean schweifen. In der Ferne blinkte ein Leuchtturm auf. Jetzt war es so weit. Jetzt war sie bereit. Es war Zeit, sich zu erinnern.

Wolf hatte Pepo aus dem gemeinsamen Geschäft geschmissen und damit begannen die Schwierigkeiten. Wolf hatte ganz genaue Vorstellungen davon, wie er sein kleines Café Vienés führen wollte – und wie nicht. Unglücklicherweise liefen diese Vorstellungen jenen der Sevillaner zuwider. Die Menschen in Sevilla wollten kein Bier von Mahou, sie wollten Cruzcampo. Sie wollten auch keine 150 Peseten für einen Café con Leche bezahlen, sondern 125, wie überall anders auch im Zentrum. Sie wollten kein Sandwich, sondern eine Tostada und schon gar nicht wollten sie neumodische Tapas, sondern Tortilla española und Solomillo al Güiski oder notfalls auch al Whisky. Und was sollte überhaupt dieses Internet, wo es doch auch ganz normale Glücksspielautomaten gab?
Aber Wolf blieb unerbittlich, wie er nun einmal war. Jede Kritik ließ er ungerührt an sich abprallen, mit dem Resultat, dass die Gäste ausblieben und – natürlich – der Rubel oder, besser gesagt, die Pesete nicht rollte.
Bis eines Tages ein merkwürdig gekleideter Mann kam und sich an einen der Tische im ansonsten leeren Gastgarten setzte. Er studierte die Karte eingehend

und bestellte dann nach und nach alle Tapas, die es zur Auswahl gab. Juan Manuel gefiel der geheimnisvolle Mann, er stellte sich zu ihm und erklärte ihm, was er sich bei der Kreation der einzelnen Speisen gedacht hatte, wovon er sich inspirieren hatte lassen und wie er die einzelnen Geschmäcker aufeinander abgestimmt hatte. Der Gast hörte aufmerksam zu und machte sich Notizen. Dann wandte er sich an den „jefe", also an Wolf, und ließ sich die Sache mit dem Internet erläutern. Wolf ließ seine gewohnt grimmige Art kurzfristig stecken, er sah dem Mann an, dass er nicht von hier war, sondern – womöglich – aus der Großstadt. Und das machte ihn interessant. Man hätte auch sagen können: Der Wolf roch den Braten. Also nahm er sich Zeit und erklärte dem Gast alles über das Internet und ließ ihn auch selbst eine Runde durch das World Wide Web surfen.

Glücklich und zufrieden ging der Mann nach über zwei Stunden seiner Wege.

Drei Tage später war es der Blumenverkäufer, der Wolf völlig aufgeregt die El País, die größte Tageszeitung Spaniens, unter die Nase hielt. Wolf warf einen Blick hinein und entdeckte ein Foto von sich selbst, im Gespräch mit Juan Manuel vor dem Café Vienés. Der dazugehörige Artikel, in dem es um die besten und innovativsten Lokale Spaniens ging, füllte nicht weniger als eine ganze Doppelseite.

Kaum hatte diese ungeheure Neuigkeit die Runde gemacht, kamen die Gäste in Scharen. Wolf musste zwei zusätzliche Kellnerinnen einstellen. Eine davon hieß Maria del Mar, kurz Mar. Mar war eine wunderschöne junge Frau, vielleicht eine der schönsten von Sevilla, und das mochte schon was heißen. Sie hatte schwarze

Haare, die ihr fast bis zur Hüfte reichten. Ihre Augen waren groß und dunkelbraun. Ihr Gesicht war ebenmäßig und ihre vollen Lippen offenbarten strahlend weiße Zähne, wenn sie lächelte. Und sie lächelte fast immer. Ihr schlanker Körper war von einer Perfektion, dass man ihn nur – mehr oder weniger heimlich – betrachten konnte. Es war schlichtweg unmöglich, ihn nicht zu bewundern.

Als die fünfzehnjährige Alma Mar zum ersten Mal sah, blieb ihr der Mund offenstehen. Sie konnte den Blick nicht abwenden von dieser Schönheit, die sich hinter dem Tresen hin und her bewegte und den Gästen mit einem Lächeln und ein paar freundlichen Worten ihre Getränke servierte. Vom ersten Moment an bewunderte und hasste sie sie gleichermaßen. Sie hatte alles, was eine Fünfzehnjährige sich nur wünschen konnte, unter anderem einen ausgesprochen gutaussehenden Freund namens … Isidro.

Almas Eltern hatten wieder einmal den „Jojo-Effekt" exerziert: Wolf war in die kleine Wohnung in Triana eingezogen, dann Hals über Kopf ausgezogen, nur um wenige Wochen später wieder ungerührt vor der Tür zu stehen. Daraufhin hatten sie beschlossen, in eine andere, größere Wohnung zu übersiedeln, gleich in der Nähe der Plaza Alfalfa, wo sich praktischerweise das Café Vienés befand. Dass Alma von nun an täglich über eine halbe Stunde zu Fuß in die Schule gehen musste, störte die beiden nicht weiter. Alma störte es im Grunde auch nicht, es bedeutete nämlich, dass sie jeden Morgen über die Puente de Triana gehen konnte, und das gefiel ihr eigentlich nicht schlecht.

Nach der Schule führte ihr Weg sie ins Café, wo sie eine Coca Cola oder einen Zumo oder ein Aquarius trank und eine Kleinigkeit aß. Juan Manuel bereitete ihr immer eine Spezialkreation zu, nichts von der Karte, versteht sich. Während sie an ihrem Tisch saß und aß und trank, beobachtete sie nicht selten Mar. Die wiederum beherrschte die Kunst, mit ihren Blicken und Bewegungen jeden Mann um den Finger zu wickeln. Alma kam es vor wie Zauberei.

Eines Tages, es war nicht Mittag, sondern schon spät am Samstagabend, saß Alma am Tresen und schlürfte ein Trina de Naranja. Ihre Eltern hatten sich gestritten, so dass Elisabeth mit Marie nachhause gegangen und Alma unschlüssig im Café geblieben war, wo Wolf sich, grummelig wie immer, um die Abrechnung kümmerte. Mar wischte den Tresen ein letztes Mal ab und als sie bei Alma ankam, fragte sie: „Chiqui, Kleine, wir gehen nach Dienstschluss noch etwas trinken, möchtest du mitkommen?“

Alma verstand zwar die Frage, war aber so perplex, dass sie zuerst nicht antworten konnte. Mar lächelte sie geduldig an und Almas Blick fiel auf die ebenmäßigen weißen Zähne. Dann schaute sie zu Wolf, der Mars Frage gehört hatte und sie ebenfalls etwas verdutzt anstarrte. Nach kurzem Zögern zuckte er mit den Schultern und sagte: „Vale. Aber nicht zu lange!“

Alma konnte ihr Glück kaum fassen. Sie würde zum ersten Mal mit den „Großen“ – Mar war bestimmt fünf oder sechs Jahre älter als sie – ausgehen. Kurz darauf kam Isidro, um Mar abzuholen. Mar informierte ihn, dass Alma sie auf ein Getränk begleiten würde. Er musterte sie kurz, aber Alma konnte seinen Blick nicht deuten. Ob er es nun gut fand, eine kleine Rothaarige an der Backe zu haben oder nicht, sie wusste es nicht.

Ein weiterer Kellner schloss sich ihnen an, Raúl, ein

kleiner, etwas stämmiger junger Mann, mit Aknenarben an den Wangen. Alma kannte ihn kaum, hatte sich im Grunde nie mit ihm unterhalten, trotzdem hatte sie den Verdacht, dass sein wenig attraktives Aussehen zu seinem Charakter passte. Aber vielleicht war das auch nur ein Vorurteil.

Die vier verabschiedeten sich von Wolf, der noch die Abrechnung fertig machen musste, und Isidro und Mar überlegten laut, wo sie als Erstes hingehen sollten. Sie sprachen schnell und Alma verstand nicht alles. Aber ihr fiel doch auf, dass der Ton zwischen den beiden nicht unbedingt nach Liebe klang. Immer wieder hob Mar ungeduldig die Hände, als hätte Isidro etwas Idiotisches gesagt, bis er schließlich sagte: „¡Bueno, venga, vamonos!", und sie setzten sich in Bewegung.

Jahre später würde die erwachsene Alma immer wieder feststellen, dass man an keinem anderen Ort der Welt so gut feiern konnte wie im Sevilla der 90er-Jahre. Die Arbeitslosigkeit war hoch, die Leute hatten wenig Geld. Viele wohnten, um Geld zu sparen, noch zuhause bei ihren Eltern, obwohl sie selbst schon längst erwachsen waren. Niemand hatte ein Auto, man ging zu Fuß oder fuhr mit dem Moped. Auf der anderen Seite hatte man viel Zeit und das Leben war billig.

So kam es, dass Sevilla bei Nacht zu einer einzigen großen Partyzone wurde. Um 22 Uhr kamen die ersten Gäste, um Mitternacht begann die Party offiziell und gefeiert wurde, je nachdem welchen Wochentag man hatte, bis in die Morgenstunden oder aber auch bis Mittag.

Es gab unendlich viele Bars, vor allem im historischen Zentrum. Mar und Isidro hatten also tatsächlich die Qual der Wahl an jenem Abend, als Alma sie das erste Mal begleitete. Sie entschieden sich für eine Bar, die gleich in der Nähe der Plaza Alfalfa lag, in der Calle Siete Revueltas, und den Namen „Sur" trug. Vor der Bar standen bereits jede Menge Leute herum, alle mit einem Glas in der Hand, alle sich lautstark unterhaltend. Mar legte Alma die Hand auf die Schulter und schob sie sanft durch die Menge, bis sie vor dem Eingang des Sur standen. Dort saß eine alte Dame, die weißgrauen Haare in brave Locken gelegt, mit einer dicken Brille auf der Nase. Sie sah aus wie jedes andere Großmütterchen auch, das man am Vormittag beim Einkaufen auf dem Markt treffen konnte.

Jetzt lächelte sie Alma über ihre Brille hinweg an und sagte: „¿Qué hay, hija?", also „Was gibt's, Töchterchen?"

Isidro drängte sich nach vorne und sagte: „¿Qué pasa?" Mit diesen Worten zog er einen 1000-Peseten-Schein aus der Hosentasche und legte ihn der alten Dame hin. Die tippte auf ihrer scheppernden Registrierkasse herum, gab Isidro sein Wechselgeld und ließ die vier passieren.

Das Innere des Sur war dunkel und sie mussten erst durch einen langgezogenen Schlurf, an dem offenbar auch die Toiletten lagen. Überall drängten sich die Menschen, es war so laut, dass man dem anderen ins Ohr schreien musste, um sich zu verständigen. Aus den Boxen wummerte laute Musik, auf der Tanzfläche schmiegten sich die Körper dicht an dicht. Erst jetzt bemerkte Alma, dass die Paare, die sich hier tummelten,

fast allesamt gleichgeschlechtlich waren. Ohne nachzudenken war sie Isidro gefolgt und der hatte sich geradewegs zur Theke durchgedrängt.
„¿Qué quieres?“, fragte er und auch wenn Alma ihn akustisch nicht verstehen konnte, vermutete sie doch richtig, dass er wissen wollte, was er für sie bestellen sollte.
„Coca Cola“, antwortete sie, ohne groß nachzudenken. Er wartete ab, ob noch ein Nachsatz kommen würde, musterte sie für den Bruchteil einer Sekunde missbilligend und rief dann einem der gutaussehenden Kellner seine Bestellung zu. Obwohl im wahrsten Sinne des Wortes die Hölle los war, dauerte es nur einen kurzen Moment, bis Isidro seine Getränke bekam. Er reichte sie an die anderen weiter. Alma sah sich interessiert um, während sie an ihrer Cola nippte und die anderen sich so gut es ging miteinander unterhielten. Sie stellte schnell fest, dass sie noch nie so viele gutaussehende junge Männer auf einem Haufen gesehen hatte. Natürlich würdigte keiner sie auch nur eines Blickes und wenn doch, dann war es ein Blick, der Befremden ausdrückte, so als wäre ein kleiner Pudel hereinspaziert, einer, dem man das Haupthaar rosa gefärbt hatte. Jedenfalls schien jeder im Raum Spaß zu haben, die Stimmung war aufgeheizt. Als Teenager konnte Alma ihre Wahrnehmung noch nicht richtig zuordnen, aber es war eine Lüsternheit, die in der Luft lag und die sich nicht selten auf den Toiletten des Sur entlud.
Plötzlich fasste sie jemand an der Hand und zog daran. Es war Mar. „¿Bailamos?“, fragte sie. Alma verstand sie nicht, folgte ihr aber willig auf die Tanzfläche. Dort begannen sie zu tanzen, Alma zuerst noch etwas gehemmt, nach einer kleinen Weile aber immer

ausgelassener. Raúl gesellte sich zu ihnen. Er tanzte gut und pendelte als Tanzpartner zwischen Mar und Alma, während Isidro ein wenig abseits stand und die drei beobachtete. Er stand nicht lange allein, denn kurz darauf gesellte sich eine hübsche junge Frau zu ihm. Die beiden küssten einander links und rechts, wobei nicht klar wurde, ob sie einander kannten oder sich gerade erst vorstellten. Alma schenkte ihnen keine weitere Beachtung. Ganz im Gegensatz zu Mar. Kaum hatte sie Isidro mit der Unbekannten entdeckt, schoss sie wie von der Tarantel gestochen auf die beiden zu. Es folgte ein kurzes Wortgefecht, das Alma nicht verstand, Mars Körpersprache aber war ziemlich eindeutig. Im nächsten Moment machte Mar auf dem Absatz kehrt und verließ das Lokal wutschnaubend. Isidro schien noch einen Augenblick lang zu zögern, entschuldigte sich dann bei seiner verdutzt dreinschauenden Kurzzeit-Gesprächspartnerin und folgte seiner Freundin nach draußen. Alma, die dem kurzen Spektakel gebannt zugeschaut hatte, versuchte die beiden noch einzuholen, doch als sie es endlich vor die Tür geschafft hatte, waren sie verschwunden. Panik stieg in ihr auf. Sie wusste, sie konnte nicht allzu weit weg von zuhause sein, aber wo genau sie sich befand – sie hatte keine Ahnung. Sie drehte sich einmal um die eigene Achse in der Hoffnung, sich orientieren zu können, doch vergeblich. Also ging sie wieder nach drinnen, schob sich bis zur Tanzfläche und erspähte schnell Raúl, an dessen Hals ein hübsches, etwas zu jung aussehendes Mädchen hing. Sie tippte ihm auf die Schulter, woraufhin er ein höchst unerfreutes „¿Qué?“ von sich gab. Alma versuchte ihm zu erklären, dass sie nicht wusste, wie sie nachhause kommen sollte. Doch Raúl verstand sie nicht oder tat

zumindest so als ob und widmete sich kurzerhand wieder seiner Eroberung. Alma war den Tränen nahe. Sie wankte wieder nach draußen, die aufsteigende Angst hatte ihre Knie weich gemacht. Noch einmal reckte sie den Hals und sah sich um – vielleicht fand sie ja etwas, das ihr bekannt vorkam?
Da erschien plötzlich Isidro in ihrem Blickfeld. Er steuerte direkt auf sie zu. War er ihretwegen zurückgekommen? Sie hätte ihn gerne gefragt, doch er nickte nur wortlos mit dem Kopf und bedeutete ihr, ihm zu folgen. Erleichtert bahnte sie sich einen Weg zu ihm. Schweigend, die eine Hand in der Hosentasche, ging er los und Alma trottete hinter ihm her. Alles an ihm drückte Missbilligung aus. Alma fühlte sich unwohl, so als hätte sie etwas Falsches getan und würde nun dafür bestraft. Es dauerte nicht lange, dann standen sie vor ihrer Haustür. Isidro wies mit der Hand auf den Hauseingang, sagte etwas, das sie nicht verstand und sie machte sich daran, die Tür aufzuschließen. Dann geschah etwas Merkwürdiges, denn plötzlich stand Isidro dicht neben ihr. Sie spürte seinen Atem an ihrem Haar, so als würde er daran riechen. Seine Hand näherte sich ihrem Körper, wurde dann aber rasch wieder zurückgezogen. Ebenso schnell, wie er sich angenähert hatte, entfernte er sich nun wieder, gab noch ein kurzes Handzeichen des Abschieds und verschwand. Als Alma wenig später in ihrem Bett lag und das Geschehene noch einmal in ihrem Kopf abspielte, drängte sich ihr der Gedanke auf, er habe in diesem Moment seine Chancen kalkuliert, habe das Für und Wider eines Techtelmechtels mit Alma abgewogen und sich dann dagegen entschieden. Das machte sie wütend. Offenbar war sie nicht einmal als zweite Wahl gut genug.

14

Eine Woche später, es war Samstag, saß Alma abermals an der Bar des kleinen Café Vienés. Sie schlürfte ihre zweite Cola, um auch ja wach zu bleiben, denn es war schon nach Mitternacht. Mar und Raúl waren gerade dabei, die letzten Gläser abzutrocknen und die Tische ein letztes Mal abzuwischen, Wolf machte die Abrechnung. Und Alma wartete darauf, dass Mar sie endlich fragen würde, ob sie wieder mitkäme auf ein Getränk. Doch sie fragte nicht. Schließlich gab Alma sich einen Ruck: „¿Váis a salir esta noche?", werdet ihr heute Nacht ausgehen?

„Sí", antwortete Mar und schenkte ihr ein schönes Lächeln. Alma wartete ab, ob noch eine Einladung folgen würde, doch vergeblich. Sie spürte, wie ihr das Herz bis zum Hals pochte. Sie wollte wirklich gerne mitgehen, aber um sich selbst einzuladen, war sie doch zu stolz.

Da stand Isidro in der Tür. Sein Blick wanderte durch den Raum und blieb für einen Augenblick an Alma hängen. Oder hatte sie sich das nur eingebildet?

„¿Qué pasa?", begrüßte er die Anwesenden.

Mar kam hinter der Theke hervor und küsste ihn leidenschaftlich.

Aha, dachte Alma. Offensichtlich hatte man sich wieder versöhnt.

Raúl und Mar packten ihre Sachen zusammen und wollten gerade mit Isidro das Café verlassen, als der sich noch einmal nach Alma umdrehte. Er sprach leise mit Mar und nun warf auch sie ihr einen kurzen Blick zu. Alma wäre am liebsten im Erdboden versunken. Sie fühlte sich wie der sprichwörtliche Klotz am Bein, das siebte Rad am Wagen, das Kind, mit dem keiner spielen wollte. Da wandte Mar sich an sie: „¿No te quieres venir?“ fragte sie, willst du nicht mitkommen? So, als hätte man sie schon gefragt, sie hätte nein gesagt und nun wollte man sichergehen, ob sie auch wirklich nicht mitkommen mochte. Alma setzte ein gnädiges Lächeln auf, erhob sich und schlenderte zu den anderen dreien – nicht zu hastig, man hatte ja seinen Stolz.

Diesmal mussten sie tatsächlich nur zweimal um die Ecke biegen, schon hatten sie ihr Ziel erreicht und Alma prägte sich den Weg genau ein, um auf jeden Fall auch ohne Hilfe wieder nachhause zu finden.

Als sie sich nun dem Catedral näherten, zog Almas Magen sich kurz zusammen: Vor dem großen Tor aus rotem Corten-Stahl stand ein grimmig dreinschauender Türsteher. Und Alma erinnerte sich daran, dass die anderen zwar schon über zwanzig waren, sie selbst aber erst fünfzehn. Schon machte sie sich auf die entsetzliche Schmach gefasst, vom Hüter des Tores abgewiesen zu werden. Doch der hatte glücklicherweise nur Augen für Mar. Die war wiederum zielstrebig an der langen Schlange von Wartenden vorbeispaziert, hatte ihre Arme um den Hals des Türstehers geworfen, ihm ein reizendes Lachen und zwei Küsse geschenkt, woraufhin der wie hypnotisiert das mächtige Tor aufzog. Mar schlüpfte hindurch, gefolgt von Raúl, Isidro und – Alma. Gerade als sie an ihm vorbeihuschen wollte, schien er aus seiner Trance zu erwachen. Einen Augenblick lang musterte er sie und Alma war schon auf das Schlimmste gefasst. Er sagte etwas, das sie nicht verstand. Erst, als sie die Worte in ihrem Kopf wiederholte, ergaben sie Sinn: „¡Vaya pelo!“, was für Haare …

Alma erkannte schnell, warum das Catedral Catedral hieß: Der Hauptraum schien so riesig und hoch wie ein Gotteshaus. Wie das mitten in der Altstadt möglich war, konnte Alma nicht begreifen. An mehreren Stellen ragten aus der Tanzfläche Podeste mit Käfigen heraus, in denen sich knapp bekleidete Tänzerinnen und Tänzer räkelten. Künstlicher Nebel waberte über die Tanzfläche, erhellt von bunten Laserstrahlen. Gutaussehende Menschen tummelten sich mit Getränken in der Hand, schrien sich gegenseitig ins Ohr, lachten und tanzten. Alma war überwältigt. Aus dem Augenwinkel sah sie, wie Raúl sich zur Theke durchkämpfte. Sie folgte ihm. Die Menschen hinter der Theke waren noch schöner als die Gäste. Alma war sich ziemlich sicher, dass sie zumindest eine der Kellnerinnen aus dem Fernsehen kannte – sie war Miss Sevilla oder etwas in der Art.

Raúl bestellte und sah dann Alma abwartend an. „Coca Cola", sagte sie und Raúl fragte: „¿Con Bacardi?", so beiläufig, als wäre es das Normalste der Welt, einer Fünfzehnjährigen harten Alkohol anzubieten. Alma stieg die Hitze ins Gesicht. Ihr Verstand sagte nein, aber etwas Anderes in ihr schrie „Ja!", etwas Trotziges, Rebellisches. Sie nickte.

Einen Augenblick später hielt sie ein langes schmales Glas in der Hand, bis obenhin gefüllt mit Eiswürfeln, Rum und Cola. Sie nippte. Es schmeckte nach Freiheit. Sie leerte ihr Glas, während sie ihren Blick über die Menge gleiten ließ. Eine angenehme Wärme stieg in ihr auf und eine tiefe Entspannung machte sich breit. Und da nn gab es nichts mehr, das sie halten konnte. Sie jauchzte und wirbelte über die Tanzfläche, tanzte abwechselnd mit Mar, dann mit Raúl, dann mit Menschen, die sie nicht kannte. Das machte nichts. Jeder im Catedral war gekommen, um eine gute Zeit zu haben, egal mit wem.

Irgendwann brauchte Alma eine Pause. Sie war außer Atem, ihre Kleidung hatte begonnen, an ihrem Körper zu kleben. Und sie hatte schrecklichen Durst. Da tauchte Raúl neben ihr auf und reichte ihr ein Glas. Dankbar nahm sie es an und leerte es in wenigen Zügen. Sie spürte, wie ein leichter Schwindel sich in ihrem Kopf breit machte, nicht unangenehm, aber doch neuartig. Während ihr Blick die Menge nach Mar absuchte, merkte sie, dass es ihren Augen schwerfiel, scharf zu stellen. Wie eine Kamera, die „out of focus" war. Plötzlich entdeckte sie ein bekanntes Gesicht. Es war Isidro. Er schaute sie forschend an. Sein Gesicht war ernst, wie fast immer. Er schien nur selten zu lächeln und wenn, dann war es ein schiefes, fast verwegenes Lächeln. Alma winkte ihm zu. „¿Porqué estás tan serio?", warum so ernst, wollte sie fragen, doch die Worte überschlugen sich auf dem Weg aus ihrem Mund, so dass ein unverständliches Gebrabbel herauskam. Isidro schüttelte verächtlich den Kopf. Er streckte den Arm aus und zog jemanden zu sich heran, den Alma nach einem kurzen Moment als Raúl identifizieren konnte. Isidro redete scharf auf ihn ein, doch Raúl hob nur abwehrend die Hände, wand sich aus dem Griff und verschwand wieder aus Almas Blickfeld.

Da spürte sie eine leichte Übelkeit in ihrem Hals aufsteigen und sie musste schlucken. Sie wollte sich einen Weg Richtung Toilette bahnen, doch kaum stieß sie sich von der Wand ab, an der sie gelehnt hatte, merkte sie, dass sie wankte. Ihre Füße schienen nicht mehr zu gehorchen und sie musste sich an einer fremden Schulter abstützen. Da schloss sich eine Hand um ihren Arm, eine andere Hand legte sich auf ihre Schulter und so wurde sie entschieden nach vorne geschoben. Sie fühlte sich in dem festen Griff wie eine Puppe. Willenlos folgte sie der Bewegung in Richtung Toilette. Offenbar konnte man ihrem Gesicht schon ansehen, welches Unglück kurz bevorstand, denn die Wartenden, die vor der Damentoilette anstanden, gingen bereitwillig zur Seite und ließen Alma passieren. Gerade als sich die Hand von ihrer Schulter löste, um eine der Kabinen aufzudrücken, wurde Alma von einer Welle der Übelkeit überwältigt, die ihren gesamten Mageninhalt an die Oberfläche beförderte. Rasch beugte sie sich über die Toilette und erbrach sich. Sie spürte, wie ihre Haare ungeschickt nach hinten gestrichen wurden, so dass es auf ihrer Kopfhaut ziepte.

„Au!“, schrie sie empört auf.

„Entschuldige“, murmelte eine männliche Stimme in ihrem Rücken. Die Stimme kam ihr wohl bekannt vor, aber warum sprach sie Deutsch? Oder war ihr Gehirn jetzt komplett außer Betrieb?

Vorsichtig richtete sie sich auf und tastete sich im Rückwärtsgang aus der Kabine heraus in Richtung Waschbecken. Irgendjemand betätigte die Klospülung. Sie wusch sich das Gesicht so gut es ging mit kaltem Wasser und spülte den Mund aus. Einen Blick in den Spiegel wagte Alma nicht, sie ahnte schon, dass sie keinen schönen Anblick bot.

„Komm, ich bring dich nachhause.“ Wieder diese Stimme, wieder in der ihr so vertrauten Sprache. Endlich wagte sie es, aufzublicken. Es war Isidro, der vor ihr stand. Diesmal war sein Blick nicht missbilligend.

Im Gegenteil, da war etwas Weiches, Nachsichtiges. Wortlos folgte sie ihm. Er brachte sie nachhause. Den Weg kannte er ja schon.
Gerade als sie den Schlüssel ins Haustor gesteckt hatte, drehte sie sich noch einmal um: „¿Hablas alemán?"
Im selben Moment kam sie sich dumm vor, weil sie ihn auf Spanisch fragte, ob er Deutsch sprach.
„Meine Mutter ist Deutsche", antwortete Isidro. „Hat hier meinen Vater kennengelernt und ..." Er zuckte mit den Achseln, als wäre damit alles erklärt.
Auch Alma hatte in diesem Moment nichts hinzuzufügen. „Gute Nacht." Sie verabschiedete sich und ging ins Haus.

Eine weitere Woche später war Alma fest entschlossen, sich nicht wieder aufzudrängen. Sie schämte sich immer noch für das unglückliche Ende, das der letzte Samstagabend genommen hatte. Also verließ sie das Café Vienés am frühen Abend und spazierte über die Plaza Alfalfa. Nach einer kleinen Runde durchs Zentrum wollte sie zu Elisabeth und Marie nachhause gehen. Der Winter mit seinem Regen und der feuchten Kälte hatte sich endgültig verabschiedet. Es war ein wundervoller Abend, der von der untergehenden Sonne in ein weiches, goldenes Licht getaucht wurde, die Luft war frisch, aber nicht kalt. Gerade als sie am Gran Fernando vorbeigehen wollte, wurde sie jäh angehalten. Ein korpulenter, ein Meter neunzig großer Hüne hatte sich vor ihr aufgebaut. Alma ließ den Blick von der fülligen Leibesmitte Richtung Gesicht wandern, aus dem ihr zwei stechend blaue Augen entgegenblickten.
„¿Qué pasa?" Es war Oscar, der älteste der drei Söhne von Fernando, Gran Fernando.

Alma lächelte verwirrt. Noch nie zuvor hatte Oscar sich für sie interessiert. Wenn er ins Café kam, dann sprach er mit Mar, eventuell auch mit Wolf, aber sie selbst hatte er bislang nicht eines Blickes gewürdigt.
„¿Vas a salir esta noche?", gehst du heute Abend aus?
Alma wollte „Nein" sagen, zog dann aber die Achseln hoch, so als hätte sie sich noch nicht entschieden, ob sie ausgehen wollte oder nicht.
„Venga", Oscar stupste sie vertraulich mit den Ellbogen an, „a las once te recogemos." Und nachdem er keinen Widerspruch zu dulden schien, antwortete Alma: „Vale", machte auf dem Absatz kehrt und ging rasch nachhause.
Zuhause angekommen, erzählte sie Elisabeth aufgeregt, dass sie offenbar eine Verabredung mit Oscar hatte. Dabei fiel ihr auf, dass er nicht gesagt hatte „ICH hole dich um elf Uhr ab", sondern „WIR holen dich um elf Uhr ab."
„Wen meint er mit WIR?", fragte Alma halblaut.
„Vermutlich sich selbst und seine Brüder, David und Ángel", antwortete Elisabeth, die noch nicht ganz sicher war, ob sie sich für Alma freuen oder sich lieber Sorgen machen sollte. Andererseits würde ihre Tochter in wenigen Monaten sechzehn werden und da war es wohl nur natürlich, dass sie ausgehen und Spaß haben wollte. Deshalb behielt sie ihre Bedenken für sich. Dass Alma schon die letzten beiden Samstage aus gewesen war, hatte Elisabeth nicht mitbekommen. Ihres Wissens nach war sie mit Wolf im Café Vienés gewesen und als der alleine nachhause gekommen war, hatte Elisabeth schon geschlafen. Wolf wiederum hatte nichts über Almas nächtliche Aktivitäten gesagt.

Kurz vor elf saß Alma an der Theke des Café Vienés, sie hatte neue Jeans und ihr coolstes Shirt angezogen, ihre Haare waren frisch gewaschen und Elisabeth hatte ihr sogar die Wimpern getuscht. Mar hatte ihr einen kurzen erschrockenen Blick zugeworfen, so als befürchtete sie, Alma würde sich ihnen wieder anschließen. Als ob das letzte Mal nicht gereicht hätte. Doch Alma sagte nichts dergleichen und nachdem sie ihre Coca Cola getrunken hatte, so gegen Viertel nach elf, kamen Oscar, David und Ángel hereingepoltert. Alle drei waren ziemlich groß und etwas stämmig, wobei Ángel noch der schlankere war, und sie waren ziemlich laut.
Jeder begrüßte jeden, man machte kurzen Smalltalk, bis Oscar schließlich in die Hände klatschte und sagte: „Bueno, ¡vamos!"
Etwas irritiert erkundigte sich Mar, wo sie denn vorhatten hinzugehen, und Oscar erwähnte das Apandau, eine Diskothek, von der Alma schon gehört hatte. Plötzlich wurde ihr der Hals eng. Sie hatte keine Ahnung, wo sich das Apandau befand, und vor allem nicht, wie sie von dort wieder nachhause kommen sollte. Einen Augenblick lang zögerte sie. Sie drehte sich nach Wolf um, überlegte, ob sie etwas sagen sollte. Der fing ihren Blick auf, öffnete die Registrierkassa, nahm einen 1000-Peseten-Schein raus und drückte ihn Alma in die Hand. Sie lächelte dankbar und ließ den Schein in ihrer Hosentasche verschwinden. Jetzt konnte es losgehen. Die drei Brüder waren bereits in ein Taxi verschwunden, nur David hielt noch die hintere Türe auf. Alma ließ sich auf den Rücksitz gleiten und schon ging es los. Während der Fahrt versuchte David Alma zu erklären, dass Apandau englisch war, aber Alma schüttelte energisch den Kopf und beteuerte, dass Apandau ganz

sicher kein englisches Wort war, zumindest keines, das sie je gehört hätte. Und sie konnte, im Gegensatz zu den meisten Südspaniern, sehr gut Englisch.
Erst als sie vor der riesigen Diskothek hielten und ausstiegen, und Alma den markanten Schriftzug vor sich sah, verstand sie: Apandau meinte offensichtlich „Up and Down". David hatte recht. Eindeutig englisch.

Noch nie zuvor hatte Alma ein ähnliches „Etablissement" betreten. Das Apandau erstreckte sich über drei Ebenen. Im Erdgeschoß wurde paarweise Salsa getanzt, also nichts für Alma, sie hatte nämlich keine Ahnung, wie man Salsa tanzte. Oscar, David und Ángel ging es offenbar ähnlich, denn sie steuerten direkt auf die Rampe zu, die zur nächsten Ebene führte. Dort wurde zu heißer Clubmusik getanzt. Das war schon mehr nach ihrem Geschmack. Ihre drei Begleiter wählten einen strategisch guten Platz am Rande der Tanzfläche, sodass man jederzeit zu tanzen beginnen konnte, wenn man wollte, aber nicht unbedingt musste.
David, als jüngster der Brüder, wurde losgeschickt, um Getränke zu holen. Alma bestellte ein Bacardi-Cola. Sie hatte sich allerdings fest vorgenommen, es diesmal bei dem einen Getränk zu belassen.
Bald darauf tanzte sie ausgelassen mit Ángel und David. Oscar hatte sich früh davongemacht, um mit einer hübschen Brünetten mit ultrakurzem Kleidchen zu tanzen. Alma hatte ihn als Draufgänger und Frauenheld eingeschätzt und genau das war er offenbar auch. Ihr war es gleich, er war ohnehin nicht ihr Typ. Da hätte ihr Ángel schon besser gefallen, aber sie hatte den leisen Verdacht, dass der sich wiederum eher für Männer interessierte, auch wenn das nicht offen ausgesprochen

wurde. David wiederum wirkte wie ein zu groß geratener, tapsiger Jungbär, der bei zu viel Alkohol einen deutlichen Silberblick bekam. Jedenfalls wussten die Fernando-Söhne, wie man feierte.
Es dauerte nicht lange, da kam David mit neuen vollen Gläsern an und drückte Alma eines davon in die Hand. „Rebujito", sagte er und sie beäugte das gelblich-klare Getränk misstrauisch. Dann schnupperte sie daran und der Geruch von Zitrone gemischt mit einer leicht salzigen Alkoholnote stieg ihr in die Nase. Sie nippte. Das Getränk war kalt und erfrischend und schmeckte in erster Linie nach Sprite – halb so wild, dachte Alma. Während sie an ihrem Strohhalm sog, drehte sie sich langsam einmal um die eigene Achse. Sie hatte das eigenartige Gefühl, beobachtet zu werden. Plötzlich entdeckte sie in der Menge ein bekanntes Gesicht. Isidro. Erschrocken fuhr sie zusammen. Ihre Blicke begegneten sich und er setzte sich in Bewegung.
„Verfolgst du mich?", fragte sie, als er sie erreicht hatte.
„Sollte ich das?", fragte er zurück.
Alma, die ihre Worte noch im selben Moment bereute, in dem sie ihren Mund verlassen hatten, konzentrierte sich auf ihr Getränk, ohne zu antworten. Als sie wieder aufsah, bemerkte sie, dass er sie interessiert betrachtete, sein typisches schiefes Lächeln im Gesicht.
„Was ist?", fragte sie ungeduldig.
„Rebujito?" Er deutete auf ihr Glas, das schon halbleer war.
„Jep."
„Pass nur auf, das fährt ziemlich ein. Und diesmal ist es zu weit, um schnell nachhause zu gehen."
Alma spürte, wie ihr das Blut in den Kopf schoss. Sie

dachte nur ungern daran, dass Isidro sie schon zweimal nachhause hatte bringen müssen.
Mit zwei Fingern fischte sie den 1000-Peseten-Schein aus ihrer Hosentasche und hielt ihn ihm unter die Nase. „Fürs Taxi."
Plötzlich wurde sein Gesicht ernst. „Du fährst auf keinen Fall allein mit dem Taxi, klar?"
Beleidigt wollte sie ihr Geld wieder einstecken, als er ihren Arm festhielt. „Verstanden, Alma?"
Alma war irritiert. Sie war nicht sicher gewesen, ob er ihren Namen kannte. Und überhaupt: Warum interessierte es ihn, wie sie nachhause kam?
Gerade als sie etwas entgegnen wollte, wurde er so heftig nach hinten gerissen, dass er beinahe das Gleichgewicht verloren hätte. Im nächsten Moment erschien Mars lachendes Gesicht in Almas Blickfeld. Mit etwas zu viel Schwung hatte sie sich an Isidros Hals geworfen. Jetzt umarmte sie Alma mit so viel guter Laune, dass es beinahe unnatürlich wirkte.
Alma zählte eins und eins zusammen und kam zu dem Schluss, dass sie mit Isidro hergekommen war, um zu sehen, was sie hier mit den drei Fernando-Brüdern so trieb. Aber warum? Wohl kaum aus reiner Fürsorge. War sie eifersüchtig? Unwahrscheinlich. Immerhin hatte Mar sich bereits den bestaussehenden Mann geangelt. Alma schielte verstohlen zu Isidro hinüber. Er war groß – jedenfalls für sevillanische Verhältnisse. Sein Körper schien durchtrainiert, sodass in seinen Bewegungen eine gewisse Spannung lag. Während er sich mit David unterhielt, der soeben dazugestoßen war, wirkte sein Gesicht ernst und konzentriert. Dann verzog sich sein Mund zu einem winzigen Lächeln und um seine Augen

bildete sich ein kleiner Kranz von feinen Linien. Almas Herz machte einen Satz. Plötzlich sprang sein Blick zu ihr hinüber und sie bemühte sich, möglichst schnell in eine andere Richtung zu schauen.
Irgendwann, es war gegen drei Uhr früh, begann Mar zu quengeln. Sie wollte nachhause. Während sie sich von den anderen verabschiedete, nahm Isidro Ángel beiseite. Die beiden schienen etwas Ernstes besprechen zu müssen. Alma war es gleich. Sie wollte jedenfalls noch nicht nachhause.
Als es schließlich fünf Uhr früh war, wurden auch die Fernando-Brüder müde. Ángel legte seinen Arm um Alma und führte sie in Richtung Taxistand. Sie versuchte zu protestieren, sie war von ihren Rebujitos noch ganz aufgekratzt, doch Ángel ließ keinen Widerspruch zu. Alle vier hievten sich mehr oder weniger elegant ins Taxi und schon brausten sie über die Puente Calatrava Richtung Innenstadt. Vor Almas Haus hielten sie schließlich an. Als sie ihren Geldschein herausziehen wollte, schüttelte Ángel empört den Kopf.
„Anda, vete ya", na los, verschwinde, sagte er mit einem Lächeln und scheuchte sie aus dem Auto. Die anderen beiden winkten und Oscar warf ihr Kusshände zu, bis Alma im Hauseingang verschwunden war.

Alma blickte von ihren Notizen auf. Im Osten wurde der Himmel langsam heller. Das Meer lag ruhig da, nur ein paar Fischkutter bahnten sich ihren Weg durch die Bucht. Eine kühle Brise wehte vom Wasser her Richtung Land. Hier, in der Nähe des Meeres, merkte man immer als erstes, wenn der Sommer sich dem Ende zuneigte. Und es war schon September. Vor lauter Schönheit wurde Alma das Herz schwer.

Das war der Anfang gewesen, dachte sie bei sich. Jene Nacht mit den Fernando-Brüdern. Und Isidro. Wie anders hätte alles verlaufen können? Vielleicht wäre sie dann nie zurückgegangen? Vielleicht würde sie immer noch in Sevilla leben, hätte einen Job, eine Familie, vielleicht mit … Sie sprang auf, wie um all diese unnützen Gedanken mit aller Kraft abzuschütteln.
In der Minibar fand sie ein kleines Fläschchen Johnny Walker und eine Cola und leerte beides in ein Glas. Ángel hatte immer Johnny Walker getrunken. Seltsam, welche Dinge einem in Erinnerung blieben.
Dann kehrte sie zu ihrem Platz auf dem Balkon zurück. Sie blickte auf den Parque Genovés hinunter, in dem untertags die Kinder herumtollten, während sich in den Palmen kleine grüne Papageien zankten. Abends wurde es ruhig, denn das war die Stunde der Katzen. Unzählige Samtpfoten streunten durch den Park und die Vögel mussten auf der Hut sein.
Nach jener Nacht im Apandau begann Alma regelmäßig jeden Samstagabend auszugehen. Dann zusätzlich an den Freitagabenden. Und hin und wieder auch noch an den restlichen Abenden. Die Schule besuchte sie nur noch halbherzig. Die Einzige, der das aufzufallen schien, war Maribel. Als Alma wieder einmal geschwänzt hatte, rief Maribel auf dem Festnetztelefon an, um Alma eine Standpauke zu halten. Das half natürlich nichts. Alma war nicht mehr interessiert an Schule und hin und wieder frühabends im Hof sitzen und mit den Schulfreundinnen Pipas essen. Sie wollte mehr.
Einen Augenblick lang überlegte sie, wie es sein konnte, dass ihre Eltern nichts von alldem mitbekommen hatten, aber die Antwort lag klar auf der Hand: Sie waren zu sehr mit sich selbst beschäftigt.

An den meisten Samstagabenden ging Alma ins Café Vienés, setzte sich an die Bar, trank eine Coca Cola und ging nach der Sperrstunde mit Mar und Isidro weiter ins Sur oder ins Catedral. Zu Wolf sagte sie dann immer „Bis später", auch wenn sie vorher schon wusste, dass sie ihn frühestens am nächsten Morgen sehen würde. Er widersprach nicht. Überhaupt hatte Alma manchmal das Gefühl, dass er sie gar nicht richtig wahrnahm. An anderen Tagen traf sie sich nicht selten mit den Fernando-Brüdern. Auch Raúl hängte sich meistens an, er war wohl das, was die erwachsene Alma später einen „Kulturfolger" genannt hätte.

Eines Abends gingen sie zu viert, Alma, Mar, Isidro und Raúl, ins Catedral. Zuvor waren sie in einer obskuren Bar namens „El Cielo" gewesen, in der es samstags immer eine Art Travestieshow gab. Und auch wenn Alma nicht alles verstand, war doch mit freiem Auge erkennbar, dass die Inhalte überaus deftig und vulgär waren. Raúl lachte, bis ihm die Tränen kamen, Isidro setzte seine typische undurchsichtige Miene auf, Mar wollte endlich ins Catedral, während Alma mit einer Mischung aus Faszination und Ekel das Panorama begutachtete.

Schließlich bekam Mar ihren Willen und sie gingen weiter in den Club. Alma stürzte sich sofort auf die Tanzfläche. Schon im Cielo hatte sie zwei Bacardi-Cola getrunken und ihre Füße hatten ungeduldig zu zucken begonnen, aber in den engen und überfüllten Räumen war einfach nicht genug Platz gewesen, um zu tanzen. Jetzt konnte sie ihrem Körper freien Lauf lassen.

Aus dem Augenwinkel sah sie, dass Mar und Isidro zu streiten begonnen hatten. Wieder einmal. Im Grunde war es immer das Gleiche mit den beiden. Sie gingen zusammen aus, fingen an zu streiten, einer machte sich vom Acker. Diesmal war es Isidro, der ging. Mar konnte es egal sein. Im Nu war sie umringt von einer Gruppe Männer unterschiedlichen Alters, die sich um sie bemühten und sie anhimmelten. Angewidert verließ Alma die Tanzfläche in Richtung Toiletten. Es machte ihr schlechte Laune, dass sich alle immer nur für Mar zu interessieren schienen. Gedankenverloren öffnete sie die Toilettentüre – und wich erschrocken zurück. Vor dem Spiegel am Waschtisch drängten sich drei junge Frauen. Um Raúl. Die Frauen drehten sich um und schauten unschuldig in die Luft, während sie offenbar hinter ihren Rücken etwas zu verstecken versuchten. Raúl wiederum schob eine der dreien lachend zur Seite und winkte Alma heran.

Auf dem Waschtisch lag etwas, das aussah wie ein Kosmetikspiegel und darauf registrierte Alma ein weißes Häufchen. Auch wenn sie es noch nie in natura gesehen hatte, wusste Alma sofort, dass es sich bei dem Pulver um Kokain handeln musste. Sie war sich vage dessen bewusst gewesen, dass in Sevilla Unmengen von Drogen konsumiert wurden. Meistens kamen sie direkt aus Afrika oder Südamerika, waren sauber und sehr billig. Sie selbst hatte sich nie dafür interessiert. Doch jetzt stand sie da und vier Augenpaare waren gespannt auf sie gerichtet.

„¡Venga!“, wiederholte Raúl mit einem kleinen Zwinkern und hielt ihr den Spiegel und ein kleines Röhrchen entgegen, ganz so, als würde er ihr einen Kaugummi anbieten. Einen Augenblick lang zögerte Alma. Dann griff sie wie ferngesteuert nach dem Röhrchen und steckte es in ihr Nasenloch. Mit der zweiten Hand hielt

sie das andere Nasenloch zu. Sie zögerte noch für den Bruchteil einer Sekunde, dann saugte sie die feinsäuberliche Line auf. Sofort begann ihre Nase heftig zu kribbeln und sie taumelte ein paar Schritte rückwärts, während Raúl begeistert grölte.
„Warum eigentlich?“, schoss es Alma plötzlich durch den Kopf. Dann begann ihr Herz zu rasen und wie in Trance bahnte sie sich ihren Weg zurück auf die Tanzfläche. Plötzlich fühlte sie sich wie in Flashdance, sie war ein Maniac. Alles in ihr schrie nach Tanzen, die Bewegungen wollten raus aus ihr, und zwar alle auf einmal. Noch nie hatte sie sich so gefühlt. Während sie durch das Catedral fegte, rempelte sie immer wieder andere Nachtschwärmer an, stieß Getränke um, drohte über ihre eigenen Füße zu fallen und fing sich wieder. Schließlich stand Mar vor ihr. Sie hielt Almas Gesicht für einen Moment fest zwischen den Händen und blickte ihr in die Augen. Mit einem abfälligen „Tsss“, ließ sie sie wieder los und wandte sich ab. Sie verschwand aus Almas Blickfeld und alles verschwamm. Alma verlor jedes Zeit- und Raumgefühl.
Irgendwann erwachte sie zusammengekauert im Eingang ihres Hauses. Die Sonne schien und die Vögel zwitscherten. Sie brauchte einen Augenblick, um sich zu orientieren. Dann rappelte sie sich auf und schleppte sich langsam hinauf in den dritten Stock. Es gelang ihr, sich unbemerkt in ihr Zimmer zu schleichen. Doch ihr Bett glich einer Nussschale bei schwerem Seegang. Nach der siebzehnten Welle konnte Alma sich nicht mehr beherrschen und erbrach sich. Mutter Elisabeth steckte ihren Kopf zur Tür herein. Sofort holte sie einen Kübel und Tücher, um das übelriechende „Malheur“ zu beseitigen. Dann bereitete sie für ihre Tochter eine Tila,

einen Lindenblütentee, zu und brachte ihr Salzcracker ans Bett. Sie betastete vorsichtig Almas Stirn und hielt ihr die Hand.
„Bestimmt eine kleine Magen-Darm-Grippe", befand Elisabeth.
In Almas Hals bildete sich ein dicker Kloß. Noch nie war sie ihrer Mutter so dankbar gewesen für ihre Fürsorge. Sie konnte nicht antworten. Stattdessen nickte sie stumm und wischte sich verstohlen eine Träne aus dem Augenwinkel.
Schließlich schlief Alma ein und erwachte erst am Abend wieder. Aus der Küche drang ein dumpfes Rumoren an ihr Ohr, vermutlich bereitete Elisabeth das Abendessen zu, während Marie vor dem Fernseher zu sitzen schien.
Mit einer Mischung aus Faszination und kaltem Grausen ließ sie die vergangene Nacht Revue passieren. Ob das auch geschehen wäre, wenn Isidro nicht nachhause gegangen wäre? Was für ein dummer Gedanke, schalt Alma sich. Immerhin war er nicht ihr Babysitter. Und trotzdem. Aus irgendeinem Grund musste sie immerzu an ihn denken. Wie eine Schallplatte, die an der Lieblingsstelle hängen geblieben war.

15

Es dauerte eine Woche, bis Alma sich erholt hatte. Dann saß sie wieder an der Theke des Café Vienés und trank Coca Cola.
Raúl wischte die Tische ein letztes Mal ab, Mar leerte die Aschenbecher aus. Die Abrechnung machte Juan Manuel, denn Wolf war mit Elisabeth und Marie nach Aracena gefahren. Sie hatten in dem kleinen Ort, etwa eine Stunde westlich von Sevilla, übers Wochenende eine kleine romantische Mühle gemietet, ohne Strom und fließendes Wasser. Alma hatte sich mit Händen und Füßen dagegen gewehrt, mitfahren zu müssen und mit dem Argument, ihr würde beim Autofahren immer noch speiübel, hatte sie die Diskussion für sich entscheiden können. Stattdessen saß sie also hier.
Da betrat Isidro das leere Lokal. Raúl machte einen Schritt auf ihn zu und wollte ihn mit einem Handshake begrüßen, doch Isidro würdigte ihn keines Blickes. Stattdessen presste er ein „Ni lo pienses, hijo puta", denk nicht mal dran, Arschloch, zwischen den Zähnen hervor.
Alma blieb vor Erstaunen der Mund offenstehen. Was hatte das nun wieder zu bedeuten?
Mar packte ihre Sachen und folgte Isidro mit verschlossener Miene nach draußen.
Unschlüssig blieb Alma sitzen. Vielleicht sollte sie einfach nachhause gehen, wie jede andere Fünfzehnjährige auch? Die Beine hochlegen und fernsehen? Doch da stand David vor der Fensterfront. Wie bei einer Pantomime deutete er auf Alma und tat dann so, als wäre er auf einer Party und würde ausgelassen feiern. Alma musste lachen. Sie verabschiedete sich kurz von Juan

Manuel und Raúl und lief nach draußen. Gemeinsam mit Ángel und Oscar gingen sie ins Catedral.
Zuerst war Alma ein wenig mulmig zumute. Sie hoffte inbrünstig, dass keiner der Anwesenden sie am vergangenen Samstag gesehen hatte.
David hatte ihr einen Rebujito in die Hand gedrückt, doch sie nippte nur halbherzig daran. Plötzlich stand Isidro neben ihr. Er sah sie nicht an.
„Bist du dumm?“, fragte Isidro leise.
„Wie bitte?“, entfuhr es Alma erschrocken.
„Ich will wissen, ob du dumm bist“, wiederholte er.
Alma wollte protestieren gegen diese Unverschämtheit, doch sie konnte nicht. Sie blieb stumm. Mar musste es ihm erzählt haben.
Jetzt sah er sie direkt an und Alma fühlte, wie sie immer kleiner wurde.
„Du benimmst dich wie ein Kind in Disneyland“, sagte er scharf.
Wieder wollte Alma protestieren.
„Sevilla kann ein sehr gefährlicher Ort sein. Vor allem für hübsche junge Mädchen.“
Jetzt wollte Alma nicht mehr protestieren. Hatte er sie wirklich „hübsch“ genannt?
Sein Blick wurde weicher und er schüttelte den Kopf, so als könnte er ihren Leichtsinn immer noch nicht glauben.
Sie wusste nicht, was sie sagen sollte, also fragte sie schließlich: „Wo ist eigentlich Mar?“
„Gegangen.“ Isidro zuckte mit den Schultern.
Vermutlich hatten sie wieder gestritten. Plötzlich fühlte Alma ein heftiges Kribbeln im Bauch. Isidro warf ihr einen Blick zu, so als hätte er es auch gespürt.
„Geht's dir gut? Du siehst ein wenig blass aus“, fragte er.

„Ich sehe immer blass aus", lachte Alma.
Er lächelte verlegen und Alma spürte plötzlich das unbändige Verlangen, die Arme um ihn zu legen und ihn zu küssen. So, als würde er ihr gehören. Sie beschloss, alles auf eine Karte zu setzen.
„Aber du hast recht, ich finde, heute ist es ein bisschen heiß und stickig …", sagte sie, obwohl es genauso heiß und stickig war wie immer im Catedral.
„Ich bring dich nachhause." Isidro wandte sich zum Gehen.
Den ganzen Heimweg über schlug Almas Herz ihr bis zum Hals. Als sie vor der Haustüre standen, nestelte sie umständlich an ihrem Schlüssel.
„Willst du … ich meine, wir könnten oben noch was trinken, meine Eltern haben eine ziemlich ansehnliche Hausbar …" Alma spürte, wie ihr mit jedem Wort die Knie weicher wurden. Sie rechnete damit, dass Isidro auf der Stelle kehrtmachen und das Weite suchen würde. Stattdessen sagte er:
„Du meinst, mit deinen Eltern gemeinsam …?"
„Nein, Gott!" Sie spürte, wie sie knallrot wurde. „Meine Eltern sind … nicht zuhause."
Er schien noch einen Moment zu zögern, dann sagte er: „Okay, warum nicht."
Alma stieß hörbar den Atem aus und lächelte. Sie schloss das Tor auf und gemeinsam gingen sie schweigend die Treppe bis in den dritten Stock hinauf.
In der Wohnung sah Isidro sich interessiert um. Alma war sich ziemlich sicher, dass ihre Wohnung völlig anders aussah als die der meisten Durchschnitts-Sevillaner. Überall hing moderne Kunst, die Möbel waren allesamt schräge Einzelstücke, kein Hauch von sevillanischem Kitsch und Nippes.

Isidro ließ sich auf ein knallrotes Sofa sinken, das Wolf auf dem Alameda-Flohmarkt gekauft hatte.
Alma steuerte die Hausbar an.
„Also es gibt Rum aus Jamaika, Whiskey aus Schottland, Gin aus Schweden und … ehrlich gesagt, ich weiß nicht, was das sein soll“, murmelte sie und hielt eine Flasche hoch.
„Dann nehme ich einen Schluck davon“, sagte Isidro und beide lachten.
Alma holte zwei Gläser und schenkte jeweils ein paar Fingerbreit aus der mysteriösen Flasche ein. Die Flüssigkeit war leuchtend blau, wie abgefülltes Schwimmbadwasser. Sie reichte Isidro eines der beiden Gläser, ließ sich neben ihm nieder und die beiden stießen an. Sie nippten vorsichtig.
„Puh!“, machte Isidro und sie lachten wieder. Dann saßen sie schweigend da. Bis Isidro sein Glas beiseitestellte und sich Alma zuwandte. Sein Gesicht kam näher. Sie schloss die Augen. Eine warme Welle durchflutete sie, als er sie küsste. Obwohl sie weitgehend nüchtern war, fühlte sie sich berauscht. Langsam ließ sie sich zurücksinken und er legte sich auf sie. Alma hielt den Atem an. Ob sie ihm sagen sollte, dass es für sie das erste Mal sein würde? Der Gedanke wurde von einem kurzen Schmerz vertrieben. Sie zog scharf die Luft ein. „Alles okay?“, fragte Isidro und hielt inne. Sie nickte kurz mit dem Kopf und er begann sich vorsichtig zu bewegen. Alma versuchte den Schmerz zu ignorieren. Ihre Hände wanderten unter sein Shirt über seine nackte Haut, die erstaunlich glatt war. Sie atmete seinen Geruch tief ein und ein merkwürdiger Gedanke drängte sich ihr auf: Was auch immer passieren würde, das konnte ihr niemand mehr nehmen, diese Nacht mit Isidro.

Danach legte er sich hinter Alma auf das Sofa und hielt sie fest im Arm. Sie fühlte sich überwältigt und verwirrt zugleich. Sie schmiegte sich an seinen Körper und spürte, wie sein Atem ihr Haar streifte. Nach einer langen Weile richtete er sich auf.
„¿Estás bien?", bist du in Ordnung?, fragte er.
Sie nickte wieder, ohne etwas zu sagen.
„Komm, wir gehen uns waschen", sagte er und zog Alma hoch. Er begleitete sie zum Badezimmer, schob sie hinein und wartete dann vor der Türe, so, als bräuchte sie eine Eskorte beim Duschen. Als sie fertig war, ging er ins Badezimmer und machte sich frisch.
Schließlich standen sie wieder beide im Wohnzimmer, unschlüssig.
„Soll ich gehen?", fragte Isidro.
„Ich denke, ich werde jetzt schlafen", sagte Alma, als wäre das eine Antwort auf seine Frage.
„Okay." Er küsste sie noch einmal. Alma wusste nicht, dass es das letzte Mal sein würde. Dann ging er.

Alma seufzte. Wenn sie die Augen schloss, konnte sie immer noch seine Haut unter ihren Fingern spüren, seinen Geruch einatmen.
Nachdem er gegangen war, hatte sie sich tatsächlich ins Bett gelegt und war sofort eingeschlafen. Am frühen Nachmittag war sie von Elisabeth geweckt worden. Besser gesagt von dem Geräusch einer weinenden Elisabeth.

Alma ging auf den Gang hinaus, sie registrierte, dass Marie in ihrem Zimmer saß und spielte. Elisabeth befand sich im Schlafzimmer und warf wahllos Kleidung in einen Koffer, der auf dem Bett lag.
„Mama, was machst du?", fragte Alma erschrocken.

„Wir gehen. Zurück nachhause“, antwortete Elisabeth, während sie mit der bloßen Hand über ihr Gesicht wischte.
„Nachhause? Was meinst du mit nachhause?“
„Zurück. Nach Österreich.“
„Was? Nein!“ Alma wurde schwindlig, sodass sie sich auf das Bett setzen musste. „Das hier ist jetzt unser Zuhause!“
„Nein“, jetzt sah Elisabeth auf und sie war offensichtlich wütend. „Das hier ist eine Schnapsidee, war von Anfang an eine Schnapsidee deines Vaters.“
„Aber“, Alma versuchte ruhig zu bleiben, „was ist denn passiert?“
„Was passiert ist? Er hat eine andere. Was sag ich, er hat zig andere. Und irgendwann reicht es. Irgendwann kommt der Punkt, an dem man sich nicht mehr in den Spiegel schauen kann. Und der ist bei mir erreicht. Ich kann nicht mehr. Ich will nicht mehr. Ich nehme meine Töchter und mein letztes bisschen Würde und gehe zurück. Nachhause.“
Alma wusste nicht, was sie sagen sollte. Ihr fehlten die Worte. Natürlich wusste sie, dass Wolf nicht immer treu gewesen war. Auch Elisabeth wusste das. Aber etwas schien diesmal anders zu sein.
„Lass mich hierbleiben“, flüsterte Alma. Sie wagte nicht, die Worte laut auszusprechen.
„Was?“ Der Blick, den Elisabeth ihrer Tochter zuwarf, ließ Alma verstummen.
„Wir nehmen den nächsten Flieger, den wir bekommen können. Unsere Sachen lasse ich mit der Spedition nachschicken.“
Wie betäubt wandte Alma sich ab. Sie spürte den Blick ihrer Mutter im Nacken.

„Alma!“
Doch Alma hört sie nicht. Was auch immer ihre Mutter ihr sagen wollte, es war ihr gleich. Sie ging in ihr Zimmer. Erst nachdem sie die Türe hinter sich geschlossen hatte, brachen ihre Gefühle über sie herein und sie ließ sich weinend aufs Bett fallen. Etwas in ihr schmerzte. So sehr, dass sie kaum atmen konnte. Es war, als wäre dieses namenlose Etwas zerbrochen.

Zum Glück ließ sich die Abreise nicht ganz so schnell bewerkstelligen, wie Elisabeth es sich gewünscht hätte. Allein den Transport mittels Spedition zu organisieren, dauerte im Sevilla der 90er-Jahre fast zwei Wochen. Alma erinnerte sich an ihre Mutter, die vor Wut und Verzweiflung beinahe die Wände hochgegangen wäre. Zwei Wochen waren allerdings genug Zeit für Alma gewesen, um festzustellen, dass ihre Periode ausblieb.

Seit Elisabeth sich von Wolf getrennt hatte, war es Alma nicht mehr erlaubt, ins Café Vienés zu gehen. Sie musste jeden Tag nach der Schule schnurstracks nachhause kommen. So hatte Alma Isidro seit ihrer gemeinsamen Nacht nicht wiedergesehen. Aber sie hatte jeden Tag an ihn gedacht. Was heißt jeden Tag? – Jede Stunde, jede Minute, immerzu.
Doch damit hatte sie nicht gerechnet. Sie wartete noch zwei Tage – endlich war es Elisabeth gelungen, eine Spedition zu finden – dann ging sie nach der Schule einen kleinen Umweg, zu einer abgelegenen Farmacia, einer Apotheke. Hier war die Wahrscheinlichkeit, dass jemand sie erkannte, doch relativ gering.
Zuvor hatte sie ihr ganzes Geld zusammengekratzt und in ihrer Verzweiflung auch noch Elisabeth 1000 Peseten

aus der Jackentasche geklaut. Sie wusste, alles, was man in der Farmacia kaufen musste, war teuer. Unter den argwöhnischen Augen der Apothekerin kaufte sie schließlich einen Schwangerschaftstest und rannte den restlichen Weg nachhause. Mit zitternden Händen hielt sie das weiße, längliche Kästchen in ihren Händen. Dann hieß es warten, aber natürlich, es konnte ja nicht anders sein: Sie war schwanger. Es war, als wäre alle Lebenskraft plötzlich aus ihrem Körper entwichen. Sie rang nach Atem. Die Knie versagten und sie ließ sich langsam auf den kalten Boden gleiten.

Die erwachsene Alma dachte, dass sie allein von dem Schock eine Fehlgeburt erleiden hätte müssen. Doch das geschah nicht.

Fieberhaft überlegte sie, was sie nun tun sollte und beschloss, dass Isidro davon erfahren musste.
Und dann?, dachte sie weiter, Heiratet er mich und wir reiten gemeinsam in den Sonnenuntergang?
Isidro hatte recht gehabt, sie lebte innerlich offenbar wirklich in Disneyland oder in irgendeinem kindischen Märchen. Und trotzdem. Er musste es wissen. Schließlich hatte ER es verabsäumt, Vorkehrungen zu treffen.

Alma war sich nicht sicher, ob es tatsächlich ihr fünfzehnjähriges Ich gewesen war, das so dachte, oder ob sie diesen Gedanken eben erst hinzugefügt hatte.

Alma wusste, dass Raúl jeden Tag auf dem Weg zur Arbeit an ihrem Haus vorbeiging. Also stellte sie sich auf den Balkon, von dem aus sie einen guten Überblick über das Geschehen auf der Calle Candilejos hatte.

Kurz vor 17 Uhr sah sie ihn die Straße heraufkommen. „Ich geh kurz nach der Post schauen, ja?", rief sie Elisabeth zu, die gerade dabei war, die Bilder von der Wand zu nehmen und in Luftpolsterfolie einzuwickeln. Sie wartete nicht auf eine Reaktion ihrer Mutter, sondern lief so schnell sie konnte die Treppe hinunter. Gerade als sie im Erdgeschoß ankam, ging Raúl an der Türe vorbei.
„Stopp!"
Raúl machte vor Schreck einen Satz zur Seite.
„Alma, ¿qué pasa?", fragte er, nachdem er sich wieder erholt hatte.
In weiser Voraussicht hatte sie sich schon das gesamte Vokabular zusammengesucht, das sie brauchte, um Raúl ihre Situation zu erklären.
„Raúl, du musst mit Isidro sprechen. Es ist so: Vor einer Weile waren wir zusammen, Isidro und ich. Zusammen. Verstehst du? Er war mit mir … hier …", begann Alma.
„Mit dir?", wiederholte Raúl ungläubig.
Ja, stell dir vor, mit mir, du Idiot, dachte Alma, sagte es aber nicht.
„Wir haben … Liebe gemacht." Alma hatte lange nach dem passenden Ausdruck suchen müssen, und um nicht das Wort „foyar", also „ficken", zu verwenden, hatte sie sich für die blumigere Variante entschieden.
„Liebe gemacht?", wiederholte Raúl abermals das Gesagte.
Alma wurde langsam wütend.
„Ja. Wir haben … er hat … ich bin schwanger." So. Jetzt war es heraus.
Raúls Blick fühlte sich an wie ein Schlag in die Magengrube. Vermutlich würde Isidro genauso reagieren. Mit

einer Mischung aus Widerwillen, Ärger und vermutlich … Panik.
In Raúls Gesicht zeigte sich nun allerdings ein Hauch von etwas anderem, etwas, das Ähnlichkeit hatte mit Schadenfreude.
„Und das soll ich ihm sagen?“, fragte Raúl und konnte sein Grinsen dabei kaum verbergen.
„Ja. Und du musst ihm sagen, dass ich nur mehr wenige Tage hier sein werde. Wir gehen zurück nach Österreich. Raúl, ich muss vorher unbedingt mit ihm sprechen, verstehst du?“
Er nickte. Als nächstes breitete er seine Arme aus und drückte die überraschte Alma an sich. Er hielt sie gerade so lange fest, dass es ihr unangenehm wurde.
„Falls wir uns nicht mehr sehen“, sagte er wie zur Erklärung.

Dann ging Raúl ins Café Vienés und erzählte die Geschichte. Aber nicht Isidro.

16

Almas Kopf war auf das kleine Tischchen vor ihr gesunken und sie war eingeschlafen. Erst als unten im Park das Gezanke der Papageien losging, erwachte sie.
„Du meine Güte", murmelte sie. Ihr Nacken schmerzte so sehr, dass sie sich kaum bewegen konnte. Erst langsam konnte sie ihre Glieder auseinanderfalten und strecken. Sie überlegte kurz, ob sie sich noch ins Bett legen und weiterschlafen sollte, entschied sich aber dagegen. Stattdessen stellte sie sich unter die kalte Dusche. Alles an ihr war klebrig von Meerwasser und Salz und ... da fiel ihr Mike wieder ein, der um diese Uhrzeit vermutlich noch neben Elvis und Franka im Camper friedlich vor sich hin schnarchte.
Und wie sollte sie nachhause kommen?
Sie zog sich an, nahm ihre Tasche und begab sich ins Foyer des noblen Hotel Atlántico. Sie hatte sich nicht getäuscht: Hier gab es eine Autovermietung und nachdem sie sich erkundigt hatte, ob es möglich war, ein Auto in Cádiz auszuleihen und in Sevilla zurückzugeben, erledigte sie schnell die Formalitäten.
Dann spazierte sie in den Park. Von ihrem Balkon aus hatte sie gesehen, dass es in der Mitte einen kleinen Kiosk gab und dort würde sie bestimmt einen Café und eine kleine Tostada bekommen.
Und tatsächlich. Der Kellner stellte gerade die letzten Stühle auf und fragte Alma im Vorbeigehen nach ihrer Bestellung.
Erst nach und nach füllten sich die anderen Tische und Alma sah den übrigen Gästen zu, während sie ihren Kaffee trank und ihr Brötchen aß. Ein ungewohntes

Gefühl von Ruhe, Glück und Zufriedenheit breitete sich plötzlich in ihr aus.
Nachdem sie bezahlt hatte, beschloss sie, noch eine kleine Runde durch den Park zu drehen. Es war ein schöner Park, beinahe ein botanischer Garten, mit unzähligen exotischen Pflanzen. Die Katzen hatten sich, wie immer untertags, zurückgezogen und den Hunden und Kindern Platz gemacht. Gerade als Alma am Ende des Parks angekommen war und umdrehen wollte, registrierte sie aus dem Augenwinkel eine Bewegung am Boden. Auf den ersten Blick glaubte sie eine Wollsocke zu sehen, die der Wind vor sich hertrieb. Erst als die Wollsocke ein leises Pfauchen von sich gab, erkannte Alma, dass es sich dabei um eine winzige schwarze Katze handelte. Als sie sich näherte, versuchte das kleine Ding zu türmen. Doch bald war Endstation, das Kätzchen hatte nicht mehr genug Kraft, um weiterzulaufen. Behutsam nahm Alma es auf den Arm.
„Wo gehörst du denn hin?"
Das kleine Tier sah sie mit großen Augen an, der Blick nicht ängstlich, eher abwartend.
„Wusstest du, dass man schwarze Katzen, die einem von links nach rechts über den Weg laufen, mit nachhause nehmen muss, weil sie sonst Unglück bringen?"
Während Alma noch über den Sinn ihrer Worte nachdachte, schien das Kätzchen schon verstanden zu haben und miaute leise.
Sie ging mit dem Tier zurück zum Café und hielt es dem Kellner vor die Nase.
„Gehört die jemandem?"
Der Mann lachte. „No, hija. Hier gibt es Katzen wie Sand am Meer."

„Dann geben Sie mir bitte ein Wasser und eine Tostada mit Schinken“, orderte Alma. Der Kellner zögerte noch einen Moment lang, während Alma die Katze auf den Tresen setzte, ohne sie jedoch loszulassen. Er entschied offenbar, dass es vernünftiger war, die seltsame rothaarige Touristin zu bedienen und möglichst schnell wieder loszuwerden, anstatt mit ihr zu diskutieren.
Das Kätzchen verschlang den Schinken so gierig, dass der Kellner ihm aus Mitleid noch eine Portion nachreichte. Doch auch nachdem es gefressen hatte, machte es keine Anstalten, die Flucht zu ergreifen. Es war winzig. Alma liebte Katzen und sie wusste, dass dieses kleine Ding allein keine Überlebenschance hatte.
Also fasste sie einen Entschluss. Wieder durchfuhr sie dieses Gefühl, das sie, wenn sie ihm einen Namen geben müsste, „Feuer der Unvernunft“ nennen würde.
Sie wollte zahlen, doch der Mann winkte ab. Also wickelte Alma ihre neue kleine Begleiterin vorsichtig in ihre Weste und ging mit ihr zurück zum Hotel. Eilig übernahm sie das Mietauto, stieg ein und bettete das Kätzchen samt Weste in den Fußraum.
„Auf geht’s nach Sevilla!“, rief Alma übermütig und gab Gas.

17

Alma wusste, dass es in der Nähe der Avenida de Kansas City einen Chino gab, der rund um die Uhr geöffnet hatte und der buchstäblich alles verkaufte, was man sich nur vorstellen konnte. Genau dort fuhr sie jetzt hin.

Die Chinos waren kleine bis mittelgroße Läden, geführt von chinesischen Einwanderern, die, aus welchen Gründen auch immer, sich nicht an die üblichen Geschäftszeiten halten mussten, und deshalb an sieben Tagen der Woche von früh bis spät offen waren. Sie hatten die ursprünglichen Tiendas de 20 Duros abgelöst, Ramschläden, die von einheimischen Familien betrieben wurden, und in denen alles zwanzig Duros, also hundert Peseten kostete.

Nachdem sie ihr Auto geparkt hatte, nahm sie das Kätzchen, das bis dahin erschöpft im Fußraum des Wagens geschlafen hatte, und trug es ins Geschäft.

An der Kassa saß ein junger Mann, der sich via Videotelefonie in einer exotisch anmutenden Sprache unterhielt. Chinesisch, vermutete Alma scharfsinnig. Sie wartete einen Augenblick, während der Mann das Gespräch beendete. Hinter ihm teilte ein Perlenvorhang den Raum und hinter dem Vorhang erkannte Alma mehrere Betten. In einem davon schien jemand zu schlafen.

„¿Qué quiele?“, fragte der Mann nicht besonders höflich und sie registrierte, dass er beim Sprechen aus dem r ein l gemacht hatte.

Wortlos hielt sie ihm die Katze entgegen. Der Mann blickte missmutig drein, verschwand dann in einem der vollgestopften Gänge und kam kurz darauf mit einem Katzenkorb zurück.

„¿Comel?“, fragte er, während Alma das Kätzchen vorsichtig in den Korb bugsierte. Sie war sich ziemlich sicher,

dass er wissen wollte, ob sie auch etwas zum Fressen oder vielleicht auch einen Futternapf brauchte.
Sie nickte. Daraufhin verschwand er etwas länger und brachte schließlich einen Futternapf, Futter, eine Katzentoilette mit Schaufelchen und Streu mit. All das stellte er vor Alma ab und begann emsig die Preise in die Kassa zu tippen.
Nachdem Alma bezahlt hatte, verstaute sie zufrieden ihre Einkäufe mitsamt Katze im Auto und fuhr in die Calle San Primitivo.
„Verdammt", fluchte Alma. Die Chancen, hier sonntags einen Parkplatz zu finden, standen ungefähr gleich gut wie in Wien im 1. Bezirk. Kurz: Sie standen schlecht.
Also kurvte Alma weiter, bis sie eine Parkgarage gefunden hatte.
So blieb das Auto wenigstens kühl, dachte sie, und verzichtete darauf, das Tarifschild an der Einfahrt zu lesen.
Kurz darauf quälte sie sich mit ihren Einkäufen durch die aufgeheizten Straßen. Sie kam nur langsam voran, weil sie immer wieder stehen bleiben und die sperrige Katzenbox in die eine und Katzentoilette und Futtersack in die andere Hand wechseln musste. Gerade, als sie um die Ecke in die schmale, schattige Calle San Primitivo einbiegen wollte, kam es zur Kollision. Erschrocken ließ sie den Sack mit dem Katzenfutter fallen.
„Oh Gott, Entschuldigung, perdona!", murmelte sie. Sie sah die Beine eines Kindes, während sie versuchte den Katzenfuttersack vom Boden aufzugabeln.
„No pasa nada", nichts passiert, hörte sie eine Mädchenstimme. Gleich darauf packte eine kräftige Männerhand das Futter und hob es auf. Alma, der vor Verlegenheit und Hitze der Schweiß ausgebrochen war, musste erst

einmal all ihr Gepäck auf der Straße abstellen. Erst dann konnte sie aufblicken.
Sie stieß einen leisen Schrei aus.
„Hombre", drang Isidros Stimme an ihr Ohr. „Das ist aber ein Zufall!"
Alma brachte keinen Ton heraus.
Das Mädchen hatte sich in der Zwischenzeit zum Katzenkorb hinuntergebeugt und versuchte hineinzublicken.
„¿Qué es?", fragte es neugierig.
Alma erwachte aus ihrer Starre.
„Es … un gatito", antwortete sie und hielt den Katzenkorb hoch, damit es besser reinschauen konnte.
„Wo hast du denn plötzlich eine Katze her?", fragte Isidro mit einem Schmunzeln auf den Lippen.
„Gefunden. In einem Park. In Cádiz", erklärte Alma.
„Ah", machte Isidro, als wäre das die einleuchtendste Erklärung der Welt.
„Kann ich es halten?", fragte das Mädchen, mehr an Isidro gerichtet als an Alma. Offenbar war es nicht sicher, ob die rothaarige Fremde es verstehen konnte.
„Ich denke nicht, wenn es dir entwischt und davonläuft …", Isidro machte ein Gesicht, als wäre das der Anfang von einer Geschichte, die übel ausgehen würde.
„Wenn ihr wollt, könnt ihr mitkommen, ich wohne gleich hier in der Nummer 6", schlug Alma vor, noch ehe sie fertig nachgedacht hatte.
„¡Síí!" Das Mädchen hüpfte begeistert auf und ab.
„Ich könnte dir zumindest helfen, die Sachen zu tragen", meinte Isidro, so als bräuchte es noch ein gutes Argument, um Almas Angebot anzunehmen.
Die drückte ihm ohne Umschweife die Katzentoilette in die eine Hand, das Katzenfutter hatte er immer noch in der anderen Hand. Dann ging sie voraus.

Wenig später öffnete sie die Türe zur Wohnung. Sie lauschte angestrengt, aber Mike schien noch nicht zurück zu sein. Also trug sie den Katzenkorb ins Wohnzimmer und stellte ihn auf den Couchtisch. Zuerst füllte sie die Katzentoilette mit Streu und brachte die Futterschüssel in Position. Das Mädchen assistierte ihr voller Begeisterung.
Schließlich öffnete Alma den Katzenkorb, griff hinein und holte das kleine schwarze Tier vorsichtig heraus. Die Augen des Mädchens leuchteten vor Begeisterung. Vorsichtig ließ Alma die Katze auf seine Arme gleiten. Wieder wunderte Alma sich über den Ausdruck im Gesicht des kleinen Tierchens, der keine Angst, eher ein vertrauensvolles Abwarten zeigte.
Alma lächelte und sie spürte, wie sich ein Kloß in ihrem Hals bildete, so sehr rührte sie der Anblick des Tierkindes mit dem Menschenkind.
„Wollen wir sie füttern?“, fragte sie schließlich leise.
Das Mädchen nickte und Alma leerte ein wenig Trockenfutter in die Futterschlüssel. Das Kätzchen schlang das Futter mit einem Appetit hinunter, dass es eine Freude war, und das Mädchen klatschte verzückt in die Hände. Dann nahm Alma das Tier, setzte es in die Katzentoilette, scharrte mit dem Finger ein wenig in der Streu herum, bis es ebenfalls zu scharren begann und schließlich ein kleines Geschäft machte. Jetzt war es Alma, die begeistert in die Hände klatschte.
„Du bist so ein kluges Kätzchen“, jubelte sie. Dann drehte sie sich nach Isidro um, der hinter ihr stand und den dreien mit einem versunkenen Lächeln zusah. Ihr Herz machte einen Sprung.
„Möchtest du vielleicht einen Kaffee?“, fragte sie.
„Nur, wenn es dir keine Umstände macht.“

„Ehrlich gesagt, ich brauche ganz dringend einen Kaffee, ich kann kaum noch die Augen offenhalten“, entgegnete sie.
„Ach so?“
„Lange Geschichte“, winkte Alma ab und ging in die Küche, um Kaffee zu machen.
Kurz darauf kam sie mit zwei Tassen und einem Glas Zumo für das Mädchen zurück und ließ sich neben Isidro nieder, der auf dem Sofa Platz genommen hatte. Das Mädchen hatte in der Zwischenzeit einen Faden zu einem kleinen Knäuel gebunden und spielte mit dem Kätzchen, das voller Begeisterung dem Knäuel hinterhersprang.
„Also?“, fragte Alma und nickte in Richtung des Mädchens.
„Meine Tochter“, erklärte Isidro und in seiner Stimme schwang unverkennbar eine große Portion Stolz mit. „Sie heißt Lucía.“
„Lucía ...“, wiederholte Alma.
„Ja, wie ihre Großmutter.“
„Ein schöner Name“, sagte Alma und meinte es auch so. „Und ihre Mutter ...?“
„Pilar. Wir waren zusammen, sogar einige Jahre lang, aber am Ende ... wir waren einfach nicht glücklich miteinander und so haben wir uns getrennt. Im Guten, übrigens. Lucía lebt bei ihr in Córdoba und jedes zweite Wochenende ist sie bei mir. Manchmal fahre ich zwischendurch zu ihr, um sie zu sehen, aber du weißt ja – nach Córdoba ist es ein ganz schönes Stück. Und es geht ihr sehr gut, Pilar ist eine tolle Mutter.“
Plötzlich wurde der Kloß in Almas Hals so groß, dass sie kaum mehr atmen konnte. Sie musste mit aller Kraft dagegen ankämpfen loszuweinen.

„Warum bist du nicht gekommen?“, flüsterte sie und Isidro sah sie verwirrt an.
„Wohin gekommen?“, fragte er.
Wut machte sich in Almas Innerem breit und verdrängte den Schmerz, den sie gerade noch empfunden hatte.
„Damals“, presste sie hervor.
„Aber wohin hätte ich kommen sollen?“, er hob hilflos die Hände.
„Ich weiß nicht, in die Calle Candilejos oder zum Flughafen oder was weiß denn ich?“ Sie versuchte, nicht zu laut zu werden.
„Alma, du warst einfach weg! Nachdem du wochenlang wie vom Erdboden verschluckt warst, bin ich in die Calle Candilejos – natürlich! – aber dort hat man mir nur gesagt, dass du weg bist, zurück, nach Österreich!“
Jetzt war Alma an der Reihe, verwirrt dreinzusehen.
„Hat … hat Raúl dir nichts gesagt?“, fragte sie stockend.
„Raúl? Mit diesem Mistkerl habe ich nie wieder ein Wort geredet, seit … seit dieser Geschichte im Catedral“, erwiderte Isidro.
Da konnte Alma nicht mehr an sich halten, Tränen rannen über ihr Gesicht und sie floh eilig in die Küche.
Einen Augenblick später war Isidro bei ihr. Sanft legte er ihr die Hand auf die Schulter.
„Was ist passiert? Erzähl es mir, bitte. Ich habe die letzten Jahre so oft an dich gedacht und daran, was in jener Nacht passiert ist. Ich weiß, es war falsch, du warst zu jung …“
„Ich war schwanger!“, entfuhr es Alma.
Vor Schreck zog Isidro seine Hand zurück, er musste sich für einen Augenblick am Kühlschrank festhalten.
„Was?“
„Meine Mutter hatte mir verboten, ins Café Vienés zu

gehen, nicht wegen dir, sie wusste ja nicht von uns, sondern wegen Wolf. Ich konnte es dir nicht sagen. Also habe ich es Raúl gesagt und er sollte ..."
„... es mir sagen", ergänzte Isidro nachdenklich, dem plötzlich so einiges dämmerte. „Aber er hat es nicht mir gesagt, dieses verdammte Dreckschwein, sondern Mar. Und die hat natürlich sofort Schluss gemacht."
„Oh", machte Alma, aber Isidro wedelte mit der Hand, wie um einen Gedanken zu verscheuchen.
„Das war ohnehin überfällig. Ich war innerlich schon woanders."
Er machte einen Schritt auf Alma zu.
„Es tut mir so ... unendlich leid. Dass du damit alleine warst ..."
„Ich habe es meiner Mutter gesagt, eigentlich weil ich sie zwingen wollte, hierzubleiben. Aber ich fürchte, ich habe damit genau das Gegenteil bewirkt. Falls es noch den Hauch einer Chance gegeben hätte, dass wir in Sevilla bleiben, habe ich sie damit zunichte gemacht. Wir sind also zurück nach Österreich. Sie wollte mich dazu bringen, abzutreiben. Nicht mit Worten, sondern indem sie mir das Gefühl gab, allein dazustehen. Ich denke, sie war einfach selbst völlig überfordert. Zwei Wochen später hat sich die Sache sozusagen von selbst ‚erledigt'. Zum Glück, muss man vermutlich sagen", fügte sie leise hinzu.
Isidro legte seine Arme um sie und zog sie fest an sich. Und endlich, endlich konnte Alma weinen, um ihr fünfzehnjähriges Ich, dem damals das Herz brach. Um das Kind, das nicht leben durfte. Um die vielen Jahre, in denen etwas gefehlt hatte. Oder jemand.
„Es tut mir so leid", flüsterte Isidro und küsste sie, zuerst auf den Scheitel, dann auf die Stirn und schließlich

auf den Mund. „Jetzt bin ich da. Immer, wenn du willst.“ Und sie erwiderte seinen Kuss. Sie küssten sich lange, hungrig, verzweifelt. Bis plötzlich …
„¡Papá!“ Lucía stand in der Tür.
„Oh, entschuldige, Engelchen … Alma und ich … wir sind alte Freunde, weißt du?“, erklärte Isidro verlegen.
Lucía betrachtete Alma noch einen Augenblick lang forschend, so als würde sie über die Erklärung nachdenken, dann zuckte sie mit den Achseln.
„Was wolltest du denn, Corazón?“
„Ich wollte wissen, ob das Kätzchen schon einen Namen hat“, antwortete das Mädchen, das schon wieder ins Wohnzimmer gegangen war, um das Tier auf den Arm zu nehmen.
„Nein! Aber du hast recht, es braucht unbedingt noch einen Namen“, meinte Alma. „Hast du vielleicht einen Vorschlag?“
Alma strich dem Kätzchen vorsichtig mit dem Finger über den Kopf und es schloss entspannt die Augen und begann leise zu schnurren.
Das Mädchen verstummte für eine Weile, offenbar dachte es angestrengt nach, dann hellte sich seine Mine auf. „Wie wäre es mit Luna?“
Almas Gedanken reisten für einen Augenblick zu Elisabeths Prinzessinnen, von denen die eine ebenfalls Luna geheißen hatte, und musste lächeln.
„Luna … ich finde, das passt sehr gut“, bestätigte sie.
„Vielleicht sollten wir Luna kurz ausruhen lassen …“, begann Isidro, als Lucía ihn mit einem enttäuschten „Ooohhh“ unterbrach.
„… und hinunter gehen, ein Eis essen“, beendete er den Satz.

Sofort sprang Lucía auf. So ein Angebot brauchte man ihr nicht zweimal machen.
„Ja?“ Isidro wandte sich an Alma.
„Hört sich gut an“, bestätigte die und nahm Lucía vorsichtig das Kätzchen ab. „Wir legen sie hierher“, sagte sie und während sie in einer Hand Luna hielt, richtete sie mit der anderen eine der vielen Kuscheldecken, die auf dem Sofa lagen und die so aussahen, als wären sie ohnehin in erster Linie für Haustiere gedacht.
Luna rollte sich sofort zufrieden ein und schlief.
Isidro führte sie zu einem nahegelegenen Platz, auf dem es einen kleinen, einladenden Eissalon gab. Sie setzten sich an einen der Tische und bestellten drei Eisbecher. Nachdem Lucía ihren Eisbecher in Rekordtempo verschlungen hatte, lief sie zu dem Spielplatz, der sich in der Mitte des Platzes befand und nur aus einer Schaukel und einer Rutsche bestand. Für Lucía genügte es.
Isidro und Alma saßen einen Augenblick lang da, während sie das spielende Kind beobachteten.
Es ist wie bei einem ersten Date, aber mit jemandem, den man schon lange kennt, dachte Alma. Diesen Widerspruch fand sie interessant.
Tatsächlich wusste sie nur sehr wenig über Isidro und sie war neugierig, mehr über ihn zufahren. Umgekehrt schien er alles, was sie über sich zu erzählen hatte, durchaus beeindruckend zu finden.
Nach einer kleinen Ewigkeit, in der sich Alma wie in einer zeitlosen Blase gefühlt hatte, stand Lucía schließlich wieder an ihrem Tisch. Sie wollte noch einmal zu Luna.
Also bezahlte Isidro und sie gingen zurück in die Calle San Primitivo. Gerade als Alma die Türe aufschließen wollte, wurde diese von innen geöffnet und Mike stand

vor ihnen. Er schaute Alma mit einem Blick an, der große Irritation zeigte.
„Da ist eine Katze. Im Wohnzimmer“, sagte er.
„Oh ja“, entgegnete Alma, während sie sich an ihm vorbei schob. Lucía und Isidro folgten ihr. „Das ist meine. Sie bleibt nicht lange. Und jetzt habe ich BESUCH.“
Daraufhin blickte sie ihn abwartend an. Endlich verstand Mike und während er sich in sein Zimmer zurückzog, murmelte er: „Das wird Pepa gar nicht gefallen …“
„Und wer genau ist das?“, raunte Isidro Alma zu, wobei sie nicht sicher war, ob er irritiert oder amüsiert klang.
„Nur mein Mitbewohner“, winkte Alma ab.
„Ah ja“, bemerkte er und Alma war sicher, dass er sich seinen Teil dazu dachte.
Lucía hatte sich neben Luna gesetzt und streichelte sie vorsichtig mit ihren kleinen Fingern.
„Können wir dich ab jetzt öfter besuchen?“, fragte sie.
Alma wurde es plötzlich schwer ums Herz.
„Ja weißt du, da gibt es eine Sache, über die wir noch reden müssen. Das heißt, ich muss deinen Papa um einen Gefallen bitten“, begann sie.
Isidro lauschte aufmerksam.
„Meine zwei Monate sind fast vorbei und ich muss zurück …“
„Was? Du bist doch gerade erst gekommen!“, protestierte Isidro.
Alma zuckte mit den Schultern. „Ich frage mich auch, wo die Zeit geblieben ist … aber wie dem auch sei, übermorgen geht mein Flug zurück nach Österreich.“
Hilflos ließ Isidro sich im Sofa zurücksinken.
„Und Luna?“, schaltete Lucía sich an dieser Stelle ein.

„Genau darüber muss ich mit deinem Papa sprechen. Ich bin ziemlich sicher, dass Luna noch zu klein ist, um mit dem Flugzeug zu fliegen …“, erklärte Alma.
„Warum?“, widersprach Isidro missmutig, da er offenbar andere Sorgen hatte als die Katze. „Sie passt doch perfekt in die Hosentasche.“
Lucía musste bei dem Gedanken an Luna in der Hosentasche kichern.
„Sie muss gegen Tollwut geimpft werden, sonst darf sie nicht reisen“, sagte Alma, nachdem sie Isidro sanft auf die Schulter geboxt hatte. „Und das geht nicht, wenn sie noch so klein ist.“
„Also?“, fragte Isidro misstrauisch.
„Also muss sie einstweilen bei dir bleiben, du kümmerst dich um die Impfung und dann hole ich sie.“
Während Lucía lautstark jubelte, schien Isidro wenig begeistert von der Idee.
„Was??“, entfuhr es ihm erschrocken.
„Oh ja, Papi, bitte, Papito, bitte, biiiitte!“, bettelte Lucía und Alma war beeindruckt von ihrer Hingabe.
Doch Isidro wollte abwehren: „Ich weiß nicht. Dann stehe ich mit Katze, aber ohne Frau da. Hört sich nicht besonders verlockend an.“
Lucía kicherte wieder, aber Almas Herz machte einen Sprung.
„Bitte Papa, bitte, bitte, bitte!“, setzte Lucía ihre Darbietung fort.
„Andererseits“, lenkte er jetzt ein, „wenn es Alma dazu bringt, wiederzukommen …“
Lucía fiel ihrem Vater um den Hals, nur um als nächstes die arme Luna aus ihrem friedlichen Schlaf zu reißen und an sich zu drücken.
Alma beugte sich über Isidro und legte ihre Lippen auf

seine. Er erwiderte den Kuss, bis Lucía ein ungeduldiges Hüsteln von sich gab.
„Wann geht dein Flug?“, fragte Isidro, während er sich langsam vom Sofa erhob.
„Montagmittag“, antwortete Alma.
„Da bin ich in der Arbeit“, sagte er nachdenklich.
„Oh bitte, mach dir keine Gedanken. Ich schaffe es allein zum Flughafen“, entgegnete sie.
„Na komm, Cariño“, er bedeutete Lucía aufzustehen. Es war Zeit zu gehen. Alma nahm Luna noch einmal auf den Arm und küsste sie zärtlich auf den winzigen schwarzen Kopf. Dann setzte sie sie vorsichtig in den Katzenkorb. Isidro ließ sich von Alma das restliche Zubehör in die Hand drücken und gemeinsam gingen sie wie eine kleine Karawane nach unten zur Straße. Dort übernahm Lucía den Korb und versicherte, dass sie ihn tragen konnte.
„Es ist nicht weit“, beruhigte Isidro Alma, „tatsächlich wohne ich hier ganz in der Nähe.“
Alma lächelte, sagte aber nichts. Stattdessen beugte sie sich noch einmal zum Katzenkorb hinunter.
„Mach's gut Kleine, wir sehen uns bald“, flüsterte sie.
Als Nächstes verabschiedete sie sich von Lucía und gab ihr zwei Küsschen. Dann umarmte sie Isidro, der sie fest an sich drückte. In dem Moment wünschte sie sich nichts sehnlicher, als mit ihm allein zu sein, ihn noch einmal ganz zu spüren, zu küssen, zu lieben.
„Komm diesmal wirklich zurück“, flüsterte er ihr zu, „und nicht erst in zwanzig Jahren.“
„Ich verspreche es“, flüsterte sie zurück.
Er bedeutete Lucía loszugehen, dann drehte er sich noch einmal um und machte eine Kopfbewegung Richtung Haustür: „Und sei brav ...“

Sie lachte und winkte und sah den dreien hinterher, bis sie um die Ecke verschwunden waren.
Alma hatte sich nicht getäuscht. Der Herbst war im Anmarsch und als hätte man einen Schalter umgelegt, begann es am Sonntag wie aus Kübeln zu schütten. Während sie ihre Habseligkeiten im Koffer verstaute, prasselte der Regen auf die Straße. Sie hatte die Fenster geöffnet, um die frische, kühle Luft hereinzulassen.
Alles in ihr sträubte sich bei dem Gedanken, in weniger als 48 Stunden wieder in Österreich zu sein. Nicht nur wegen Isidro. Etwas in ihr wollte auf keinen Fall in den alten Trott zurückkehren. Dieses Etwas war hungrig, nach Leben, nach Liebe, nach Leidenschaft.
Sie würde ja zurückkommen, bald, beruhigte sie sich selbst. Würde sich Urlaub nehmen und wieder kommen, um die Katze zu holen und natürlich auch um Isidro zu sehen. Aber es war nicht dasselbe und das wusste sie.
Man muss eben vernünftig sein, schalt sie sich selbst. Sie hatte zwei Monate gehabt, das war mehr, als viele andere bekamen.
Plötzlich stand Mike in der Tür. Er hielt zwei Gläser in der Hand, von denen er eines Alma reichte.
„Was ist das?“, fragte sie, während sie das Glas entgegennahm.
„Rebujito. Kennst du?“, fragte Mike und setzte sich auf Almas Bett.
„Hab schon mal davon gehört“, antwortete Alma lächelnd und ließ sich neben Mike nieder.
„Salut.“ Er stieß sein Glas an ihres. Es hieß „Salud“, nicht Salut. Alma verzichtete darauf, ihn zu korrigieren.
„Es ist noch nicht einmal Mittag“, gab sie stattdessen halbherzig zu bedenken.

„Manchmal muss man unvernünftig sein", entgegnete Mike achselzuckend.
„Es tut mir leid …", begann Alma, doch Mike stoppte sie mit einer Handbewegung.
„Nicht. Ich bin erwachsen. Ich halte das aus."
Sieht fast so aus, stellte Alma anerkennend fest.
„Als ich noch in der Schule war, im Gymnasium", begann Mike, „da haben sich alle meine Freunde große Dinge vorgenommen. Der eine wollte Anwalt werden, der nächste Investment-Banker und der dritte Immobilien-Tycoon und sie wollten Geld scheffeln und dicke Autos fahren …"
„Klar. Und du?"
„Ich hab mir nur eines vorgenommen: Ich werde nicht eines Tages plötzlich aufwachen und feststellen, dass ich so viele Dinge nicht gemacht habe, nur weil ich damit beschäftigt war, die Erwartungen anderer zu erfüllen."
Er trank einen Schluck von seinem Rebujito.
„Meine Eltern verstehen das natürlich bis heute nicht. Aber das macht nichts. Es ist ja nicht ihr Leben. Sondern meines. Und dafür trage ich die Verantwortung."
Sie schwiegen eine Weile.
„Danke, Mike", sagte Alma schließlich.
„Da ist noch mehr von dem Zeug, wenn du willst", sagte Mike und stand auf.
„Lieber nicht", lächelte Alma. „Ich denke, ich werde noch einen kleinen Spaziergang machen. Sevilla ist ganz anders, wenn es kühl ist. Fast ein bisschen … ‚serio'."
Mike warf einen prüfenden Blick aus dem Fenster und tatsächlich: Der Regen ließ langsam nach. Dann ging er ohne ein weiteres Wort und ließ Alma allein.
Als Alma auf die Calle María Auxiliadora hinaustrat, waren die Straßen noch nass, aber es hatte aufgehört zu

regnen. Sie stellte sich an den Straßenrand und wartete. Soweit sie sich erinnerte, konnten die Taxis in Sevilla ein wenig unberechenbar sein. Wenn man Pech hatte und es war gerade Siestazeit, konnte man eine Stunde warten, ohne dass ein Taxi vorbeikam. Wer wusste schon, wie es an einem Sonntagvormittag stand?
Aber Alma hatte Glück, nach wenigen Minuten kam ein Taxi angebraust und sie winkte heftig, sodass der Fahrer nach einer gewagten Bremsung am Straßenrand hielt.
„Cementerio de San Fernando", sagte sie, nachdem sie auf dem Rücksitz Platz genommen hatte.
Der Fahrer warf ihr durch den Rückspiegel einen Blick zu, so als versuchte er zu erraten, was sie zum Friedhof in San Fernando führte. Alma tat so, als würde sie es nicht bemerken, sie hatte keine Lust auf Erklärungen. Stattdessen kramte sie konzentriert in ihrer Handtasche. Schließlich fand sie, was sie suchte: Einen kleinen handgeschriebenen Zettel, auf den Elisabeth „San Fernando, Vírgen de los Dolores, Nummer 156" geschrieben hatte. Was aussah wie eine Postadresse, bezeichnete vielmehr die Grabnische ihres Vaters.

Als Alma Elisabeth von ihrem Plan erzählt hatte, für zwei Monate nach Sevilla zu reisen, war das ihre erste Reaktion gewesen: Sie nahm einen Zettel und notierte darauf die Grabstelle von Wolfgang Schneider. Das machte Alma wütend, zuerst weigerte sie sich, den Zettel anzunehmen. Soweit sie sich erinnern konnte, hatte sie gesagt: „Fahr doch selber hin!" Oder etwas in der Art. Schließlich steckte sie den Notizzettel ein, mit der festen Absicht NICHT hinzufahren. Und da war sie nun: Vor den Toren des Friedhofs von San Fernando.

Alma seufzte noch einmal, bezahlte und stieg aus dem Taxi.
Wie nahezu alles in Sevilla, so war auch der Friedhof wunderschön, fand jedenfalls Alma. Sobald man das schmiedeeiserne Eingangstor durchquert hatte, kam man zu einem halbrunden Vorplatz, an dem Jasmin und Jacaranda wuchsen. Von dort aus führte eine Allee tiefer in den Friedhof hinein. Alma folgte dem Weg und stieß bald auf die Gräber einiger Stierkämpfer, unter ihnen wohl einer der berühmtesten: Francisco Rivera Pérez, besser bekannt als El Paquirri, der im Alter von nur 38 Jahren sein Leben aus purem Leichtsinn in einer kleinen, abgelegenen Stierkampfarena gelassen hatte. Doch Alma musste ein ganzes Stück weitergehen, bis sie ihr Ziel erreicht hatte.
Ein kalter Schmerz machte sich breit in ihrer Brust und es fiel ihr schwer zu atmen. Doch sie wusste, es war nicht die Trauer um ihren Vater, die sie schmerzte. Es war die schäbige Grabnische im letzten Winkel des Friedhofs und der Gedanke, dass Wolfs letzte Jahre einsam gewesen sein mussten.
Wer war bei seiner Beerdigung gewesen? Vermutlich niemand. Alma schauderte. Sie hatte jeden Gedanken daran immer verdrängt, aber tatsächlich hatte sie ihren Vater zum letzten Mal gesehen, als sie fünfzehn war. Vielleicht an einem Nachmittag im Café Vienés. Alma versuchte sich zu erinnern, sie durchforstete angestrengt ihr Gedächtnis. Ja, vermutlich war sie von der Schule nachhause gegangen und hatte noch einen Zwischenstopp im Café gemacht. An einem Freitag. Dort war er gewesen, kurz angebunden, fast unhöflich, wie immer. Nach einer Coca Cola und einem Sandwich war Alma nachhause gegangen. Am nächsten

Morgen die Diskussion, ob sie teilnehmen musste, am Wochenendausflug. Sie hatte sich erfolgreich gewehrt. Was wäre gewesen, hätte sie sich überreden lassen? Hätte sie verhindern können, dass ihre Eltern sich endgültig zerkriegten? Wäre Elisabeth dann nicht mit ihren Töchtern zurück nach Österreich gegangen? Wäre Wolf nicht, zehn Jahre später, völlig allein und weit weg von seiner Heimat gestorben? Jedenfalls wäre es nicht zu jener folgenschweren Nacht mit Isidro gekommen, so viel war sicher.
Elisabeth war, als Ex-Ehefrau und Mutter der gemeinsamen Töchter, von den Behörden informiert worden. Die Mitarbeiter des Cafés hatten ihn vermisst, nachdem er zwei Tage lang nicht aufgetaucht war. Die Polizei musste die Tür zu seiner Wohnung in einem der heruntergekommenen Häuser in der Alameda öffnen und dort fand man ihn. Zwei Tage lang war er in der winzigen Küche gelegen, Todesursache Herzversagen.
Weder Elisabeth noch Alma noch Marie kamen zum Begräbnis.
Alma hatte sich manchmal gefragt, wie es für Marie gewesen sein musste, ohne ihren leiblichen Vater aufzuwachsen. Elisabeth hatte ziemlich schnell wieder geheiratet, das hatte Alma immer merkwürdig gefunden. Als wollte sie die Erinnerung an Wolf auslöschen, ihn überschreiben, so, als hätte es ihn gar nicht gegeben. Für Marie schien das gut funktioniert zu haben, Leo war ein netter Mann und sicher ein besserer Vater als Wolf. Trotzdem hatte Alma sich in der ganzen Situation unwohl gefühlt und einen Bogen um Elisabeths neuen Mann gemacht. Ohnehin war sie nicht mehr oft zuhause und mit achtzehn packte sie umgehend ihre Sachen und zog nach Wien, um dort zu studieren.

Wolf war aus ihrer aller Leben gestrichen worden und in Vergessenheit geraten. Nichts drückte das so deutlich aus wie diese Grabnische, dachte Alma. Mit dem Finger versuchte sie den Staub aus den Einkerbungen seines Namens zu streichen. Wolfgang Schneider 1957 – 2005. Das war alles.
Alma wandte sich ab und begann gedankenverloren den Weg der Virgen de los Dolores Richtung Hauptallee zu spazieren, als sie merkte, dass eine Frau ihr entgegenkam. Sie war der erste Mensch, den Alma an diesem Tag auf dem Friedhof sah, und sie war mindestens ebenso in ihren Gedanken gefangen wie Alma. Neugierig beobachtete Alma sie. Was sie wohl in diesen Winkel des Friedhofs verschlug? Plötzlich merkte Alma, dass ihr die ebenmäßigen Gesichtszüge der Frau bekannt vorkamen. Die schwarzen Haare waren sorgsam zurückgesteckt, der schlanke Körper, der in einem schlichten schwarzen Kleid steckte, bewegte sich graziös durch den schmalen Weg, als wäre er ein Laufsteg.
Als die Frau den Blick hob, erkannte Alma sie. Und die Frau erkannte Alma.
Sie hielt abrupt an und schlug die Hände vor den Mund. „Chiqui … was machst du denn hier?“, rief sie fassungslos.
Chiqui … Kleine … genauso hatte Mar sie immer genannt.
Sie wollte etwas sagen, doch es hatte ihr die Sprache verschlagen.
Mar machte einige schnelle Schritte auf Alma zu, öffnete kurz die Arme, überlegte es sich aber wieder anders und blieb abwartend stehen. Die beiden Frauen musterten einander einen Augenblick lang. Mar war älter geworden, aber kein bisschen weniger schön. Alma

erschien das ungeheuerlich. Überdeutlich wurde sie sich dessen bewusst, dass sie, entgegen ihrer Gewohnheit, kein Make-up aufgelegt hatte, nicht einmal Mascara. Zum Glück war weit und breit kein Spiegel, dachte sie bei sich.
„Also?“, sagte Mar schließlich, als erwarte sie immer noch eine Antwort.
Alma deutete über die Schulter: „Wolf. Und du?“
„Meine Mutter“, Mar deutete in die entgegengesetzte Richtung. „Sie ist letztes Jahr gestorben.“
„Oh. Das tut mir leid“, sagte Alma.
„Ja, mir auch. Ich vermisse sie jeden Tag. Und an den Sonntagen komme ich her und besuche sie.“
Alma schluckte. Sie fühlte sich schrecklich. Denn sie vermisste Wolf nicht im Geringsten, im Grunde genommen hatte sie in den letzten Jahren kaum jemals an ihn gedacht. „Ich bin zum ersten Mal hier“, sagte sie schließlich.
Mar machte „Hm“, sagte aber nichts.
„Und ... was treibt dich in diese Ecke?“, fragte Alma, nachdem sie einen Moment lang nachgedacht hatte. „Machst du einen Spaziergang über den Friedhof?“
Mar starrte ihr Gegenüber einen Augenblick lang abwägend an.
„Ich wollte noch nach Wolf sehen“, antwortete sie schließlich und etwas an der Art, wie sie es sagte, machte Alma stutzig.
„Warum?“, bohrte sie weiter.
Mar schwieg und die beiden Frauen starrten einander abwartend an.
„Weil es sonst niemand tut.“
„Das kann dir doch egal sein.“ Alma fühlte eine heiße Wut in sich aufsteigen, so als hätte jemand gegen ihr ganz persönliches Vorrecht verstoßen.

„Sei doch froh!" Auch Mar wirkte aufgebracht.
„Warum besuchst du das Grab meines Vaters? Sag es mir."
Mar wandte sich ab, ging ein paar Schritte im Kreis, bis sie wieder vor Alma stand.
„Ich habe ihn damals gefunden. In seiner Wohnung. Tot."
„Was?" Alma starrte sie entgeistert an. „Ich dachte, die Polizei hätte ihn gefunden. Sie haben die Tür geöffnet, nachdem er ein paar Tage lang nicht ins Café gekommen ist."
„Er *ist* ein paar Tage lang nicht ins Café gekommen, also bin ich in die Wohnung. Und da war er …", versuchte Mar zu erklären.
„Du …?", fragte Alma, misstrauisch. „Wie bist du in die Wohnung gekommen?"
„Ich hatte einen Schlüssel."
Plötzlich wurde Alma bewusst, dass Mar ihr etwas sagen wollte, dass das ganze Gespräch auf eine bestimmte Botschaft hinauslief. Ihre Knie wurden weich. Sie suchte nach einer Parkbank und ließ sich nieder. Mar folgte ihr, setzte sich aber nicht, sondern blieb neben der Bank stehen.
„Was war zwischen dir und meinem Vater?"
Das schien die Frage, auf die Mar gewartet hatte. Sie holte noch einmal Luft.
„Wir hatten eine Affäre. Da war schon länger eine Anziehung zwischen uns beiden", begann Mar.
Alma gab ein abschätziges „Tsss" von sich.
„Ich fühlte mich von seiner ruppigen, gleichgültigen Art angezogen", führte sie fort.
„Oh Gott, bitte …"
„Was soll ich sagen, es war einmal etwas anderes. Und da ist es passiert, eines Abends nach Sperrstunde …"
Alma schlug die Hände vor die Augen.

„Und dann, ich weiß nicht … kurz darauf seid ihr abgereist, Elisabeth und du und die Kleine …“

Alma ließ die Hände sinken. Die Erkenntnis fühlte sich an wie ein Schlag ins Gesicht.

„*Du* … *du* warst der Tropfen, der das Fass zum Überlaufen gebracht hat …“, murmelte sie, mehr zu sich selbst als zu Mar.

Mar richtete den Blick in die Ferne, so als würde sie das nichts angehen.

„Er hat es meiner Mutter gesagt, oder?“, fragte Alma, aber die andere gab keine Antwort. „Wart ihr … wart ihr dann zusammen?“

Da erwachte Mars Gesicht wieder zu Leben und sie gab ein trockenes Lachen von sich.

„Du hast deinen Vater nicht besonders gut gekannt, oder? Man konnte mit Wolf nicht ‚zusammen‘ sein. Außerdem wollten wir das beide nicht. Wie gesagt, wir hatten eine Affäre, eine Zeitlang …“

„Und dann hat er das Interesse verloren und dich fallen lassen“, schloss Alma.

Ungerührt zuckte Mar mit den Schultern.

„Er hat mich zur Geschäftsführerin gemacht, das war perfekt für mich. Und er hat … ehrlich gesagt, ich weiß nicht so genau, was er gemacht hat. Ich denke, er wollte ein Buch schreiben oder so. Er war immer so rastlos.“

„Inquieto“, echote es in Almas Kopf.

Wieder schwiegen die beiden eine Weile. Alma musste die Neuigkeiten über ihren Vater erst einmal verdauen.

„Ich habe mit Isidro geschlafen“, sagte sie schließlich.

„Ich weiß“, entgegnete Mar. „Das war nicht sehr nett.“

Alma setzte zu einer Entschuldigung an, ließ es dann aber. Es tat ihr nicht leid. Genaugenommen war sie

froh, dass sie es getan hatte. Vor allem im Lichte der neuen Erkenntnisse.
„Jetzt sind wir quitt, schätze ich", bemerkte Mar, als hätte sie Almas Gedanken gelesen.
„Ich hab ihn wiedergetroffen", sagte Alma.
„Wie schön für dich", erwiderte Mar mit einem kalten Lächeln.
Alma erhob sich von ihrer Bank. Auf einmal verspürte sie das dringende Bedürfnis wegzukommen, von diesem Ort, von Mar.
„Ich fahre zurück ins Zentrum, mit dem Taxi. Willst du mitkommen?", fragte sie, aber nur, weil sie die Antwort schon kannte.
Mar hatte begonnen, einen Fuß vor den anderen zu setzen, und entfernte sich langsam von Alma. Sie hob noch einmal die Hand zum Gruß.
„Adiós", flüsterte Alma und blickte ihr nach. Und für den Bruchteil einer Sekunde sah sie in Wolf nicht nur den Vater, der in vielem versagt hatte –, sondern einen Mann, der mit seinen eigenen Dämonen gekämpft hatte. Sie wandte sich ab. Mit einem leichten Frösteln ging sie rasch in Richtung Hauptallee und von dort aus zum Tor, wo die Taxis in einer ordentlichen Reihe warteten. Jetzt war der Friedhof aus seinem Schlaf erwacht und Menschen kamen und brachten Leben an diesen Ort der Toten.

Während der Taxifahrt gingen Alma tausend Fragen durch den Kopf, die sie Mar gerne noch gestellt hätte. Wie war Wolf zu ihr gewesen? Hatte er jemals mit ihr über seine Kinder oder seine Ex-Frau gesprochen? Bedauerte er, dass sie ihn verlassen hatten?
Aber vielleicht wollte sie die Antworten gar nicht hören,

vielleicht war es einfach zu spät. Ihr Vater würde ein Fremder für sie bleiben.
Anstatt in die Calle San Primitivo zurückzukehren, ließ Alma sich zur Avenida de la Constitución chauffieren. An der Ecke zur Calle Alemanes stieg sie aus.
Sie staunte nicht schlecht, denn normalerweise wimmelte es hier, just neben der Kathedrale, nur so vor Touristen. Aber der Regen schien sie buchstäblich weggewaschen zu haben.
Alma war nicht ganz sicher, was sie hier wollte, aber sie hatte beschlossen, ausnahmsweise ihrem Verstand eine Pause zu gönnen und sich von ihren Gefühlen leiten zu lassen. Und die hatten sie hierhergeführt.
Sie spazierte langsam an der Nordseite der Kathedrale entlang, an der Puerta del Perdón hielt sie kurz und warf einen Blick hinein in den Patio de los Naranjos, wo die Orangenbäume ordentlich in Reih und Glied standen. Wenige Meter danach mündete die Calle Álvarez Quintero in die Calle Alemanes. Alma folgte mit dem Blick der schmalen Gasse und dachte an das Mädchen, das diese Straße vor ziemlich genau 24 Jahren täglich entlanggegangen war, um in die Sprachschule zu kommen. Genau wie damals war sie allein und trotzdem fühlte es sich anders an. Denn sie war nicht mehr die Marionette im seltsamen Spiel ihrer Eltern. Sie war nun selbst erwachsen und konnte entscheiden, ob sie gehen oder bleiben, ob sie alleine oder mit jemandem zusammen sein wollte. Mit diesem neuen Gedanken ging sie weiter und stand schließlich an der Stelle an, wo die Calle Placentines von Norden herunterkam. Vor ihr ein kleiner Souvenirshop. Alma betrachtete die drehbaren Postkartenständer. Hunderte Ansichten von Sevilla, eine atemberaubender als die andere. Und dann, ganz unten,

entdeckte sie sie, so als wäre Alma gestern erst hier gestanden: *ihre* Karte, ganz in schwarz. „Sevilla de noche.“ Alma kaufte sie und ging weiter. Jetzt wusste sie, wohin sie wollte. Zu Las Columnas, um noch einmal Solomillo al Güiski zu essen.

Die Sprachschule war sonntags natürlich geschlossen und Alma würde fahren, ohne sich von Melchora zu verabschieden. Aber das machte nichts, sie wusste ja, wo sie ihre alte Freundin finden konnte.

Der Regen hatte auch in den Columnas dafür gesorgt, dass alles etwas gemächlicher zuging als sonst. Einer der Kellner fand sogar die Zeit, sich zu ihr zu stellen und ihr die Empfehlungen des Tages vorzutragen. Solomillo al Güiski war nicht dabei, also bestellte Alma ein Pisto manchego und eine Caña.

Auf dem Nachhauseweg machte sie einen kleinen Umweg durch die Calle Candilejos und über die Plaza de la Alfalfa. Als sie die Plaza überquerte, kam die Sonne heraus und die letzten Reste des Regens verdampften. An der Ecke hielt sie an. Auf der anderen Seite lag das Gran Fernando. Einen Moment lang starrte sie hinüber. Gerade als sie weitergehen wollte, trat ein Mann heraus. Er war groß und trug einen stattlichen Bauch vor sich her. Auch wenn er seit ihrer letzten Begegnung gewachsen war – vor allem in die Breite – erkannte Alma ihn sofort: Es war David. Sie wollte die Hand heben und ihm zurufen, doch sie verpasste den Moment und er zog sich wieder ins Innere des Gran Fernando zurück, ohne sie gesehen zu haben.

Am nächsten Morgen musste Alma erst einmal ihren Leihwagen aus der Parkgarage auslösen. Sie versuchte sich über die horrende Summe, die von ihr für das Parken verlangt wurde, nicht zu ärgern.

Der wirklich schwierige Teil war wie immer, aus der Altstadt hinauszukommen. Doch kaum war das geschafft, hatte sie das seltsame Gefühl, den Weg zum Flughafen zu kennen, ganz so, als hätte sie ihn in den vergangenen Jahren regelmäßig zurückgelegt.
So wusste sie etwa, dass sie zuerst am Bahnhof Santa Justa vorbeimusste, und dass der schnellste Weg nach Santa Justa über die Calle Luis Montoto führte. Am Bahnhof angekommen, musste sie an einem riesigen Kreisverkehr in die Avenida de Kansas City einbiegen. Sie passierte den Chino, in dem sie zwei Tage zuvor das Katzenzubehör gekauft hatte, und dachte für einen Moment an Luna. Und an Lucía. Und an Isidro.
Sie seufzte. Ob sie nun traurig war oder glücklich, konnte sie in dem Moment nicht sagen, jedenfalls hatte eine Veränderung stattgefunden, so als hätte sich in ihr eine Tür geöffnet, die zuvor verschlossen gewesen war.
Auf der Avenida war jede Menge Verkehr, Alma vermutete, dass die Menschen um diese Uhrzeit noch auf dem Weg in die Arbeit waren. Zum wiederholten Mal versuchte sie sich vorzustellen, wie es wohl war, in Sevilla zu leben. In die Arbeit zu fahren, während die Sonne sich über der Stadt erhob.
Der Spätsommer meldete sich noch einmal mit aller Kraft zurück und obwohl es noch Vormittag war, kletterten die Temperaturen schon nach oben.
Die Bars, an denen Alma vorbeifuhr, waren gut gefüllt. Wer also nicht auf dem Weg in die Arbeit war, nahm offenbar noch schnell ein zweites Frühstück ein. Als sie an einer Ampel halten musste, ließ sie das Fenster herunter und lauschte dem ohrenbetäubenden Lärm, der aus einer der vielen Bars drang.

Nun machte sich doch ein Gefühl von Sehnsucht in ihrer Brust breit. Doch die Ampel sprang – ohne Vorwarnung – auf grün und Alma musste weiterfahren. Wenig später ließ sie die Stadtgrenze hinter sich. Auf der einen Seite breiteten sich Wiesen und Felder aus, auf der anderen Seite reihte sich eine Siedlung an die nächste, bis die Siedlungen wiederum von einem Industriegebiet abgelöst wurden.
Dann hatte sie den Flughafen erreicht und folgte den Hinweisschildern zur Autovermietung. Erst als ein ungeduldiger Autofahrer hinter ihr sie anhupte, merkte sie, dass sie immer langsamer wurde und jetzt nur mehr im Schneckentempo dahinrollte.
„Jaja", murmelte Alma und drückte ein wenig mehr aufs Gas, bis sie vor dem richtigen Car Rental stand. Die Rückgabe erfolgte reibungslos und ob Alma nun wollte oder nicht, stand sie kurze Zeit später in der Abflughalle des Aeropuerto de San Pablo.
Über ihr wölbte sich die dunkelblaue Kuppeldecke, die sie bei ihrer Ankunft vermisst hatte. Beinahe wie der nächtliche andalusische Himmel.
Ihre Augen wanderten über die Tafel, an der die Abflüge der nächsten Stunden aufgelistet waren. Da stand es, weiß auf schwarz: Viena 12.25. Keine Verspätung, kein Flugausfall. Natürlich nicht. Was hatte sie denn gedacht? Oder gehofft?
Widerwillig steuerte sie auf den Iberia-Schalter zu. Als sie rasche Schritte hinter sich hörte.
„Alma!"
Sie hielt an. Hatte da jemand ihren Namen gerufen? Wohl kaum. Sie ging weiter.
„Alma!"
Diesmal hatte sie es deutlich gehört.

Sie drehte sich langsam um.
Es war Isidro. In schnellen Schritten kam er auf sie zu.
„Was ... was machst du denn hier?“, fragte sie, nachdem sie ihre Sprache wiedergefunden hatte.
„Ich kann dich nicht einfach so gehen lassen“, sagte er etwas außer Atem, als er ihr gegenüberstand.
„Musst du nicht arbeiten?“
„Da werde ich heute wohl ausnahmsweise ein bisschen zu spät kommen.“
Alma konnte sich ein breites Lächeln nicht verkneifen.
„Außerdem muss ich noch etwas erledigen, das ich schon längst hätte tun sollen.“
„Was denn?“, fragte Alma, als er die Arme um sie legte.
Er zog sie an sich und küsste sie. Als er sie wieder losließ, war Alma schwindelig und seine Arme mussten sie festhalten.
Nachdem sie sich wieder gefangen hatte, sagte sie: „Ich will ja nicht kleinlich sein, aber *das* hatten wir schon.“
Isidro lächelte sein kleines Lächeln.
„Das meinte ich auch nicht.“
„Sondern?“, jetzt war Alma wirklich gespannt.
„Du weißt ja, jeder kann einmal einen Fehler machen“, begann er. „Aber wer denselben Fehler zweimal macht, ist ein Idiot.“
Alma gab ein „Mhm“ von sich, so als wüsste sie, wovon er sprach.
Isidro legte seine Hände auf ihre Schultern und sah ihr fest in die Augen: „Geh nicht.“
„Was?“, flüsterte Alma. Mehr brachte sie nicht hervor.
„Geh nicht. Bleib noch. Einfach für eine Weile. Solange du willst.“
Alma hatte das Gefühl den Boden unter den Füßen zu verlieren. Sie musste sich auf eine der Bänke setzen.

Wie oft hatte sie sich gewünscht, sie könnte die Zeit zurückdrehen, zu eben jenem Moment, als sie vor vielen Jahren am Flughafen gestanden hatte. Wie oft hatte sie sich gewünscht, dass jemand kommen und genau das zu ihr sagen würde. Nicht jemand – Isidro.
„Ich muss …“, begann sie, nur um sich dann selbst zu unterbrechen. Musste sie wirklich?
„Ich habe mein Zimmer schon aufgegeben“, machte sie einen neuen Versuch zu widersprechen. Isidro setzte sich neben sie.
„Wir suchen dir ein neues Zimmer. Oder … oder du bleibst bei mir. In meiner Wohnung ist Platz, da bin nur ich. Und ein kleines Kätzchen, Luna, ganz entzückend, sie würde dir gefallen!“
Alma konnte nicht mehr an sich halten. Sie lachte und gleichzeitig rannen Tränen über ihre Wangen. Sie schlang die Arme um Isidro und legte den Kopf an seine breite Schulter. Er hielt sie fest.
„Wovor hast du denn Angst?“, fragte er nach einer Weile.
Alma zog ein Taschentuch aus ihrer Handtasche und trocknete ihre Tränen und den Fleck, den sie auf Isidros Hemd hinterlassen hatten.
„Ich denke, ich habe Angst davor, die Kontrolle zu verlieren. Es fällt mir unendlich schwer … unvernünftig zu sein“, antwortete sie schließlich.
„Also, der Alma, die ich kannte, fiel das nicht besonders schwer“, merkte er mit einem leichten Schmunzeln an.
„Eben“, entgegnete Alma, etwas heftiger als beabsichtigt. „Und wir wissen, wohin das geführt hat.“
Isidro nahm ihre Hand in seine.
„Aber jetzt bist du kein Kind mehr. Du bist erwachsen. *Du* triffst die Entscheidungen.“

Er hatte recht. Und sie war gut darin, Entscheidungen zu treffen, in ihrem Job zum Beispiel. Da konnte sie auch schwierige Entscheidungen mit schlafwandlerischer Sicherheit treffen. Vielleicht war es an der Zeit, genau das auch einmal für ihr Privatleben auszuprobieren? Sie stand auf.

„Komm“, sagte sie und streckte die Hand nach ihm aus.

Isidro erhob sich. „Okay. Und was machen wir?“

„Wir treffen Entscheidungen“, entgegnete Alma.

„Vale, ¡muy bien!“ Er ergriff Almas Hand mit der einen und den Koffer mit der anderen.

Sie traten durch die Schiebetüre und draußen umfing sie die geduldige Hitze Andalusiens.

Danksagung

Ja, es stimmt, ich habe Mitte der 1990er-Jahre tatsächlich in Sevilla gelebt und manches in diesem Buch beruht auf wahren Erlebnissen oder zumindest auf wahren Beobachtungen. Aber vieles, das Allermeiste, ist erfunden. So habe ich nie Drogen konsumiert, obwohl sie mir angeboten wurden. In diesem Punkt war ich klüger als die junge Alma. Gefeiert habe ich allerdings, oh ja, und oft hatte ich einen Schutzengel, der mich sicher nachhause brachte. Dafür bin ich dankbar. Dankbar bin ich auch meinen beiden LOs, die mein Jetzt und Heute so schön machen. Danke meinem kleinen LO, der so oft mit mir in meine Vergangenheit reist, in mein Sevilla, mein Andalusien.

Obwohl ich lange damit gehadert habe, bin ich heute auch meinen Eltern dankbar, dass sie mir das „Abenteuer Sevilla" zugemutet haben. Es war zwar nicht immer einfach, aber es hat mich reicher gemacht und mir eine zweite Heimat geschenkt, einen Sehnsuchtsort, an den ich auch in Gedanken reisen kann, wenn es in Österreich mal wieder kalt und grau ist. Dank auch an die Burgendländerinnen und Burgenländer, die mich so herzlich aufgenommen haben in ihrem schönen kleinen Bundesland, das einem Andalusien schon ziemlich nahekommt.

Coverbild von Karen Holländer

© Daniela Beranek

Karen Holländer wurde 1964 in Tübingen geboren und lebt seit vielen Jahren in Wien. Nach einem Studienaufenthalt in Paris (Grafikdesign, 1983–1984) studierte sie von 1984 bis 1989 Malerei an der Akademie der bildenden Künste in Wien. Seither arbeitet sie als freischaffende Künstlerin.

Ihre Werke wurden in zahlreichen Einzel- und Gruppenausstellungen gezeigt, zuletzt unter anderem in der Galerie Bechter Kastowsky in Schaan (Liechtenstein), der Galerie Szaal in Wien sowie auf Kunstmessen wie der Art Karlsruhe und der Fair for Art Vienna. Wichtige Gruppenausstellungen führten sie unter anderem ins Lentos Kunstmuseum Linz, ins Museum Angerlehner in Thalheim bei Wels sowie in die Sammlung Essl, Klosterneuburg.

Karen Holländer findet ihre Bildmotive überall, aber hauptsächlich in der Stadt, wo sie zuhause ist. „Sie ist eine sehr sensible Beobachterin ihrer Umwelt, der gesellschaftlichen Rahmenbedingungen und der Zwischentöne des alltäglichen Lebens. Gekonnt transferiert sie ihre eigenen Emotionen und Wahrnehmungen in eine allgemeine Aussage. In ihrer einprägsamen, reduzierten Bildkomposition verzichtet sie auf erzählerische Ausschweifungen.“ (Silvie Aigner, Parnass 04/2024)